MAP AND WHALE

地圖女孩・鯨魚男孩

十年後

王淑芬　著

目錄

作者的話

如果遇見愛，請用最美好的方式去愛

多年前，我的作家朋友王家珍，曾為我的《童年懺悔錄》寫推薦。文中她寫著注意到一件事，就是我的童年故事裡，一直有個「老戴」出現，且這小男孩多情善良，讀著讀著連她都好喜歡。家珍問我：此人是虛構，還是真有？

《地圖女孩・鯨魚男孩》便是答案。不但真有老戴此人，且故事延續了十年。果然，作者總是忍不住想寫自己生命裡最深的感動啊。我童年裡那個純情小男孩，默默陪了我十年，最後我們並沒有終成眷屬，但他絕對是我good old days裡，永遠第一個想起來的往日美好。而且我也真的很想寫一本書，給所有的少年男女，告訴他們，如果遇見愛，請用最美好的方式去愛。

我試著以特別的雙主角雙線進行。也就是，情節事件都一樣，但在男生部分，讀到的是男生如何看待此事，與他的心事；女生部分，則讀到的是女生如何看待此事，與她的祕密。故事由書的前後兩邊各自展開，讀到中央，便是他們是否見面的關鍵一頁。

《地圖女孩．鯨魚男孩》出版後，曾再版二十一刷，一直是小學高年級、國中導師們推薦給少年男女的「情感之書」。我收到不少讀者來信，與我剖心暢談他們的情感哀樂，不論是沉醉愛中的快樂，或失戀之苦。不過每次與讀者見面，最常被問到的卻是另一件事：「到底，男女主角後來有沒有見面呢？」

只因我在第一本集的末尾安排男女主角分離，但是十年之後有機會見面。不過，我賣了關子，並沒有明快告知讀者他們最後見面了沒。也許有，也許沒有；故事也因之也許快樂，也許感傷。

或許小說情節感染力不錯，見與不見，不少讀者十分在意。我甚至在網路上看到有人為它寫了結局，連我的女兒，都常追問著：「妳要狠心讓他們再度錯過，還是來個幸福大團圓？」

有趣的是，竟有讀者也在意書中的另一位角色：女主角張晴的媽媽。張媽媽帶著她的情感任性離家出走，從此張晴生命裡少掉一道光。有讀者對我叮囑：「如果將來妳想寫續集，請千萬讓我知道張媽媽最後是否回家？」

這樣的讀者關注，讓我也開始想像著：「如果有一天寫續集，該不該讓男女主角見面？」然而我畢竟是疏懶的，加上其他的寫作同時多頭進行。曾經爽快答應女兒：「我就要寫續集了。」但幾年間，只有當聽到讀者再提起此書時，此念頭才會在我心頭又盪了一下。

二○○七年間，某日我收到一封E-mail，署名M。M是位電腦工程師，他分享了他的情感故事，他的故事，與地圖女孩有關。這件事鼓舞了我，終於下定決心要讓這本小説「做個了斷」。（最巧的是，故事中安排十年後他們可能見面；而我的續集也真的是十年後才寫好。）

M曾有位女友F，是位地理老師，某回他們逛書店時，F看到《地圖女孩‧鯨魚男孩》一書，興頭一起，問：「啊，地圖女孩，是在說地理老師嗎？」

他們買了書，讀了書，知道它是個略帶感傷的故事。但真實生活裡的感傷，卻遠比書裡沉重。F知道M的深情，但覺得與她無關。M知道這樣的深情不是愛情保證書，卻寧可千萬人裡，仍守著、等著，靜靜淌著心裡的一絲痛。

M寄給我信，或許是他最痛時企求的一點小小麻痺，藉著述說，試著放掉一點。而我當然什麼也不能做。我們通信，也見面聊過；我甚至很熱情的想介紹一位女同事給他。他禮貌應答著，眉眼間溫柔的笑著，輕輕搖搖頭。我背過身，怒斥自己的愚蠢。

愛情來來去去，有些人卻什麼也不想捕捉，因為，他已小心的呵護住只屬於他的一絲絲甜。

M與我成了忘年好友，此後見面，我不曾再問過F的事。我能為他做的，就是寫一本書，試著傳達我對愛情的某種看法。我沒有要醫療誰，照料誰。我只是看望著世間男女，那些心碎的或心痛的，也讓我心碎與心痛。所以，我試著先透過書寫醫治自己。

動筆寫續集內容時，我改以「左右頁互文對照的方式」來書寫編排，讀者將在全書所有的右頁中讀到女孩的故事；在所有的左頁中，讀到男孩的故事。這或許與讀者之前的閱讀經驗不大相同，但我相信唯有如此，才能完整表達我想說的，我也相信讀者在讀完全書後，便能理解我為何如此堅持。

續集書名本來叫做《鯨魚女孩．地圖男孩》，與十年前的《地圖女孩．鯨魚男孩》恰恰相反。因為我認為地圖女孩其實一點也不地圖，她熱愛自由得很。而鯨魚男孩，骨子裡其實是一張最可靠的地圖。不過，我又想，誰的身上不帶著一點點地圖、一點點鯨魚呢？所以，續集依舊保留著「地圖女孩、鯨魚男孩」的原始銘印。

你是鯨魚，還是地圖？在感情態度上，你想當自由泅泳的鯨魚，還是當指引可靠的地圖？或是，你的生命中，既是鯨魚也是地圖。甚至，以上皆非，你有另一種無法歸類的感情論調。不管如何，故事裡的這些人，都真誠守護著某一種愛。若沒有愛，沒有痴，我們的生命多無趣啊。

小八卦一則：續集中有個角色，乃直接複製我女兒，讀者不妨猜猜是哪一位？許多讀者知道我的另一套書「君偉上小學」是為我兒子而寫的。現在也有本書，讓女兒擔任要角，我是公平的作家媽媽。

王淑芬

寫於二〇一二年八月紀念版出版前

十年以前

所有的故事，發生在十年之前。

「一個女孩不會想再看第二眼的眼鏡男孩。」這是張晴對戴立德的第一印象。誰知兩人後來竟成爲好友。張晴習慣叫戴立德「老戴」。

戴立德喜愛鯨魚，也習慣爲周遭親朋好友一一以鯨魚命名。他曾告訴課業成績一流的張晴：「妳如果是鯨魚，一定是條『抹香鯨』。」

因爲：「抹香鯨有一顆有史以來最大的腦袋。」

至於張晴，她喜愛地圖，她是這麼說的：「地圖，可以帶我到世界上任何地方。」

三年的國中生活裡，張晴的媽媽離家出走，戴立德的姊姊遇上車禍。他們分別在生命裡遭逢陰霾，卻也在種種陰霾中分享一些些生活裡的晴日餘光。

比如：戴立德手繪一張「想像國地圖」給張晴，結合了愛與奇想。比如：他送了卷大翅鯨的實況ＣＤ，說要陪伴張晴度過每一個孤獨時刻。

然而，因爲戴立德姊姊車禍被截肢，爲求更好的治療與無障礙環境，戴家移民美國。地圖女孩與鯨魚男孩終究要離別。

什麼都要爭第一名，因之成長路也不乏顚簸的張晴，面對相知好友離去，自是感慨傷懷。

而戴立德，則許了個承諾：「無論什麼時候，如果我必須想起一個人，我保證永遠『第一』個想起妳。」

張晴後來考上大學外文系，外文研究所，畢業後擔任口譯工作。

戴立德從美國大學畢業後，進入雜誌社，擔任攝影師。

離別那一年，他們十五歲。

十年後，張晴的小學同學王秀蘭即將到美國舉辦書法展覽，張晴擔任她的隨行口譯員。已成書法名家的王秀蘭，再也不是當年考試時老要抄張晴答案的平凡女生了。

同時間，戴立德的雜誌社也要做一篇「東方書法家」特稿，戴立德與美國同事將到會場採訪。

地圖女孩張晴，鯨魚男孩戴立德，經過十年之後，會再見到彼此嗎？青春愛戀，當時種種，一切都還可能嗎？

1 地圖女孩

她不喜歡機場。

這是個太容易濫情的地方。再稀疏平常的分別與相見，有了機場龐大空間襯底，一切將擴張到難以想像。

有人會忽然流淚，有人會高分貝驚呼，甚至有人在機場下定決心改變人生；不過是從一道門走出去，便可能連國籍都換了。

第一次出國時，她便遇上人生中的一大轉折。

1 鯨魚男孩

他喜愛機場。

一切可能，將從這裡開始；所有等候，將在這裡結束。

數不清的入境出境，讓他在機場熟門熟路；他甚至能在候機室安然打個不長不短的盹。

很久以前，那時，他第一次出國，跟著父母在櫃檯恍惚辦理登機手續；那時，他對機場陌生且痛苦；那時，他離開了他曾發誓會「永遠第一個想起」的人。

2 地圖女孩

青春期是最美的吧，但她不是。

也許是。

也許美或不美並不重要。

那時她是個瘋狂的「地圖女孩」，熱切收集各種地圖；她執拗的認爲：地圖，能安全的帶她到任何地方。

只是，地圖畢竟無法帶她到任何地方，連媽媽的去向都杳然。

國中時，媽媽離開家，跟一個喜愛哼歌的木匠師傅走了。從此，爸爸在木製家具店更賣命工作，成天成夜將自己鎖進漫天木屑中，彷彿，自己也隨之懸空飄蕩，不必落地成爲具象的什麼。

2 鯨魚男孩

國中離開台灣後，他便沒有回去過。沒有回去的原因，不是回不去，是自己美國家中那一抽屜的明信片。

這些寄回舊金山家中的明信片，是因為張晴。

張晴是他的國中同學，是他此生「無論什麼時候，如果必須想起一個人，永遠會第一個想起」的人。

他能記得三年國中生活的點點滴滴，許多細節像定格相片，被晒印在心中某個版面。多少年過去了，多少事經歷了，他的張晴，仍是個虔誠收集地圖的十五歲少女；他的張晴，笑起來彷如春天。

她總喚他「老戴」，有一次還開玩笑說他是她的「無害小動物」。他傻楞楞的跟著笑，他愛看她笑，因為她不常笑。

張晴看著爸爸佝僂的身影，悄然無息的釘、削、刨、磨；一把細緻的椅子，或一座雕花衣櫥，在爸爸手中靜默誕生。沒有媽媽，這個家，儘管鎮日響著電鋸聲，卻比任何地方都安靜。

那時，張晴與同班的戴立德走得近。也許，是老戴那雙安靜的眼，穿透近視鏡片，給她一種地圖般的安全感。老戴笑起來有一對無邪酒窩，老戴愛聽她沒頭沒腦亂說話，老戴最愛講什麼抹香鯨、藍鯨、殺人鯨；老戴還曾經送她一卷美極了的大翅鯨歌唱CD，說是美國暢銷曲呢。

這個鯨魚男孩，是她灰色青春期裡，淡淡的一抹海藍吧。

但是，老戴還是離開她了。國中畢業後，他們移民美國，從此，再也沒有他的消息。所以，她不喜歡機場。

只是，她的喜歡不喜歡，又有什麼意義？戴立德已遠遠的走向另一個世界。老戴，將成爲生命中逐漸褪去的一筆淡彩罷了。

有時，她會在夜裡，以極輕極輕的音量，聽著CD中大翅鯨的低吟，張晴有太多心事，他不好問東問西，他是個「小動物」嘛。

國中八年級時，姊姊戴立言因為車禍，腳傷一直沒好，心理也壞去大半。從小，他認定他的天才姊姊是個「藍鯨姊姊」，天地間沒有比她更大更有本事的。車禍後，姊姊想辦法替自己心理治療，還能安慰前來安慰她的媽媽呢。

為了姊姊，全家移民美國，爸爸覺得那裡有較佳的「無障礙環境」——不管是實質或精神上。

他在毫無選擇中，選擇離開張晴。機場，開始往後他的遼闊人生。

大學畢業後，他在攝影的工作中遊走異國，到達許多當年張晴收集的「地圖」國家。他買下各地的明信片，起初試著寄回台灣給張晴，但是了無音訊。

幾年後，他終於知道，遼闊人生中已經容不下年少。當時種種，如同一夢。他的張晴，或許已搬老戴說那是一隻渴望的男生鯨魚，發出寂寞的求偶訊號。

張晴微微笑起來。她記得，這個鯨魚男孩，也曾發出一種無以歸類的訊號。他說：「張晴，無論什麼時候，如果我必須想起一個人；我保證永遠『第一』個想起妳。」

遷，或者已嫁人；也或許，她已另有一個她「第一個會想起」的人。

於是他愛上機場，它有一切可能，當然，它也有一切不可能。於是，他一直不願搭機回台灣尋找張晴，只是傻楞楞把旅遊各地的明信片寄回自己家，寫著：「張晴收」。

彷彿，他只是先替張晴保管這些明信片，總有一天，該還給她的。因為得還給她，便有再見面的可能。

3 地圖女孩

再怎麼不喜歡機場，她都得踏進去了。

爸爸和大姑幫第一次出國的張晴理出整整一大箱子衣裝，還堅持要她在展覽會場上，穿上那套淡藍色套裝。平時她一身輕便褲裝，實在頗厭惡裙子的「不合群」——裙子是最拘束軀體動作的！

這回出國，全是因爲小學同學王秀蘭。

認眞想起來，有時張晴挺贊同「生命是一齣又一齣的玩笑」這句無奈到極點的話。誰能想到，小學時老愛偷偷看她答案，再一筆一畫複製到自己考卷上的王秀蘭，長大後竟成爲知名書法家，其知名程度，竟成爲海外華人邀請展覽的對象。

3 鯨魚男孩

也許是因為舊金山是種族歧視不那麼嚴重的城市，所以，它成了個小型聯合國。當然，這兒的華人也相當密集，戴立德猜想，這便是當時爸爸決定移民時，選擇此地的理由。到處都能見著鄉親，方便嘛。

媽媽卻堅持，舊金山的陽光與雨水、春天的繡球花與夏日玫瑰，才是戴家人定居的主因。「戴家人可都是浪漫的。」媽媽說完，洋腔洋派的親了爸爸一下。

戴立德對姊姊戴立言眨眨眼，姊姊則又是一副「真受不了這一對」的老太婆表情。

自小，他是姊姊「一手拉拔大」的，爸媽似乎太愛對方，捨不得撥出一點時間給小孩。很小的時候，戴立德便養成什麼事都找姊姊的習慣。

王秀蘭自己調侃自己：「我從小就有書法天分。」

其實，這話倒有幾分道理；張晴清楚記得當年老師指著王秀蘭篡改過的成績單，不無諷刺的說：「王秀蘭啊，說不定將來妳可以靠模仿筆跡討生活哩。」

還眞給老師料中了。

當然，王秀蘭從模仿古人開始，進而發展出自己的風格，現在，張晴不會拿童年那些不堪往事來提醒王秀蘭的「小時不了了」了。如今，小學第一名畢業的她，受雇於王秀蘭，擔任她此次舊金山書法展的翻譯。

長大後第一次見面，兩人認出來時，王秀蘭大呼：「太棒啦，我從小就信任妳，這工作非妳莫屬。」

起初，張晴有點尷尬；畢竟，自己熟悉眼前這位「書法名家」太多陳年糗事。王秀蘭倒一臉熱情：「拜託拜託，老同學，幫幫忙吧。」

張晴依稀記得王秀蘭小學時不是那麼熱情的人。或許，伴隨名聲而來姊姊車禍，右小腿被截肢，戴立德才開始學會一個人在大世界裡奔闖。應該也是那時候起，他愛上攝影，因為，他是那麼想將整個世界「攝」回來給姊姊。

姊姊裝上義肢後，接受姊夫林建志求婚，在戴家附近買了間小公寓，去過一個簡單而美好的嶄新人生。法文系畢業的姊姊，一直想成為作家，媽媽送給她的結婚禮物，便是一台筆記型電腦，供她寫作。

姊夫學的是新興的生化科技，很上進的在一家公司晉升為專門研究員，不但有自己的研究室，有助手，豐沃的薪資，也讓戴家爸媽深深覺得女兒太幸福了。戴立言每次回家，總也撇撇嘴說：「我現在是靠老公養的寒酸作家哩。」

當然，她滿臉的溫柔與愛意，讓戴立德知道姊姊是無憂無愁的。

大學畢業後，他順利找到雜誌社裡的專業攝影的，是對凡夫俗子的寬容——那種因高人一等而故擺姿態的施捨同情。

誰知道王秀蘭眞正的想法是什麼！張晴只知道，自己需要這份工作，況且，從未出國的她，也的確想印證一下「超越地圖」的身歷其境感。

想起地圖，她便想起戴立德。

這個也是「同學」的人，這個曾送她一幅自己手繪地圖的男生，如今在哪裡？該是結婚生子，假日帶著妻兒在公園散步的居家型好男人吧。

爲什麼她判定好人壞人，總以是不是「居家」型而定？張晴對自己的結論深深皺起眉頭。

不要再想離家好遠好遠的媽媽了，媽媽應該不是壞媽媽，媽媽在追尋她的快樂時，必也常有一朵烏雲停泊在心海。

張晴如此勸說著自己。

多年以來，她這樣的爲媽媽開罪。

「啊，我忘了帶乳液。美國天氣好乾，東方人皮膚受不了的。」王秀工作。他覺得自己是幸運的，尤其接到國外案子，更讓他雀躍。

他在數不盡的異鄉景觀中，清清楚楚看到一個影像：緊緊握著地圖的張晴。她曾經那麼虔誠的告訴過他：「地圖，能帶我到任何地方。」

其實，他壓根兒也不懂張晴為什麼如此熱愛地圖？地圖有什麼魅力呢？不過就是一張標示經度與緯度、方向，高山海洋、街道房舍的圖嘛。張晴卻說：「地圖讓我有安全感。」

有次她還不經意的吐露一句：「我需要一張地圖，帶我去一個地方。」那幽幽的語調，顯示張晴是有心事的。只是，戴立德不敢問。

現在，他來了，任何地方他都到了。張晴一雙永遠望向遠方的眼，就架在他攝影鏡頭的每一次焦距正中央。他覺察到，無論天涯海湄，他是離不開張晴了。

「張晴，妳是抹香鯨。」他這麼形容她。

蘭在機場時，忽然輕輕驚叫。

不過是乳液嘛。張晴開口：「我有，一起用吧。」

「好。不過，我用得很兇耶。」

「有什麼關係，用完再買。」

張晴有點困惑，這麼個「最年輕的國際書法家」，爲了瓶小小乳液，臉上居然有著古怪的「我贏了」的榮耀光采。

她忍不住又記起往昔，爲了不讓王秀蘭纏她，乾脆主動借她抄試卷，免得煩。

那時，王秀蘭便有現在的「我贏了」表情。

算啦算啦，張晴搖搖頭；「別鬧彆扭了。別以爲發號施令的人都是些該死的惡棍。」她安慰自己，別鑽牛角尖的解讀王秀蘭的一言一行。說不定，只是自己太敏感。

一下飛機，負責展覽的人員帶她們到旅館。王秀蘭習慣一個人睡，正巧

「為什麼？」

「因為，抹香鯨有顆有史以來最大的腦袋。」

他真想知道，那個聰明秀慧的腦袋裡，裝進什麼哀傷與煩憂。他真想為她掃開不愉快的一切。如果可以，他確信自己就是張晴最可信賴的清潔工，僅僅是為了抹淨張晴生命裡的塵埃而活。

但是，又能如何呢？他根本不知道張晴在哪裡。

話說回來，「不能如何」又有什麼關係。

他看著車窗外的金門大橋，風有一搭沒一搭的吹進來。

駕駛座上的約瑟夫咳了兩聲：「戴，你在『髮呆』嗎？」

他大笑出聲：「拜託，請你注意一下中文的重音節！是『發呆』。」

約瑟夫是白種紐約人，對東方有著白人常有的「異國情調憧憬」。跟著老戴學了幾句中文，老想第一次出國的張晴也希望能清靜一下。兩間單人房面對面，開鎖進門時，王秀蘭居然還記得提醒張晴「乳液要借我」，彷彿她們出國就爲了這個。

開幕酒會上，鬧哄哄的，張晴除了需即時爲王秀蘭口譯外，還忙著替每一幅字檢查英譯標題。王秀蘭不放心主辦單位已譯好的字，說是「這些半調子華僑，中文早已七零八落的，誰知道有沒有譯得『信達雅』。」

虧她還知道翻譯的三準則呢。

張晴特地穿著淡藍色套裝，其實穿長褲較方便跑上跑下的。但不穿的話，她又覺得辜負爸爸與大姑的美意。

王秀蘭被主辦人邱太太拉到貴賓休息室，張晴趁機歇口氣。她走到「回鄉偶書」那幅掛軸前，有些想笑。

「少小離家老大回。」這王秀蘭是故意還是不經意啊，這種句子，簡直叫這些「離家萬里」的僑胞望字拭淚。

她不懂書法，不過，「離家」這兩個字的線條倒眞是不錯，有種飛向遠學以致用。

這回，雜誌社總編指派他們採訪一位台灣來的年輕書法家，負責撰文的約瑟夫興奮得緊，幾天前就開始咬文嚼字講中文。

「你是從台灣來的，還記得台灣多少事？」

戴立德整整被風吹亂的髮，搖搖頭。這是一個他不喜愛高談闊論的話題。

他當然記得許多事；然而，有些事，他只想儲存在某個靜夜冥想裡。

好不容易，駕駛技術一流的約瑟夫，平安將車子開過最顛簸的朗巴底街，停在書法展的會場前。

「戴，你等一下要視情況多教我幾句中文，我訪問時可以現學現用。」約瑟夫磨拳擦掌的，一臉熱切。

戴立德拉拉約瑟夫紮起來的馬尾，提醒他說：「你忘了，總編有說，這位台灣來的書法家，有自備隨行翻譯。」

方的流動感。也許，哪天請王秀蘭教她幾招，不知她肯不肯透露寫字祕訣？

正胡思亂想，一個滑稽的腔調響起：「女士，妳好嗎？這次站覽很成功。」

嗯，沒錯，又一個喜愛賣弄中文的美國人。

張晴側過頭，微微一笑，試著用淺白中文應答幾句，再用流利英文開始說明。她瞧見此人胸前掛著的記者證，是一家旅遊雜誌社的。

美國記者恢復母語，便開始眉眼春風的說東道西起來。張晴不討厭也不熱衷的看著對方，只希望下一位記者趕快來，她有點奇怪的感覺。

老戴……

當年，老戴離開她到美國，十年了。

他在哪一州？或者，他是否還在美國？

張晴盡責的在對方說話空檔中，隨機插入一兩句。腦子裡卻都是老戴笑起來兩個酒窩旋開的燦爛模樣。

進到會場，沒料到人聲喧譁，熱鬧得很；戴立德四下望了望，掛滿牆面的書法作品，挺好看的。也或許，看膩西洋現代感的東西，強化了東方老文化的美感吧。他先不理會約瑟夫，那傢伙眼睛發亮的找人練中文哩。沿著扶梯，他步上二樓，想從高處俯看如何取景。

底下展示大廳的賓客真多，他有點煩躁起來。裝好攝影鏡頭，從鏡頭中瞄準幾幅大型掛軸作品；他還記得中文的，鏡頭中看到的是一首「回鄉偶書」：少小離家老大回，鄉音無改鬢毛催。

「這位書法家真妙，挑這種句子，擺明來催淚的。」老戴一面調整焦距，一面暗自覺得好笑。

有個長髮女士背對著鏡頭，正站在掛軸中的「離家」兩個字前。是個年輕的東方女人，也許是這次展覽的工作人員吧。怎麼正巧擋在鏡頭前？他只好先放下攝影機，等那位女士挪開。

約瑟夫卻在此時靠近那女士身邊，還喜孜孜攀老戴，你在哪裡？

「張晴，妳過來一下好嗎？」王秀蘭在休息室大聲喚著。

張晴遞給美國記者一疊書面資料，點點頭，離開。

王秀蘭拉著她，笑容漾成大湖般，開懷極了：「我來介紹，這是江博士。人家可是土生土長的美國人，是邱太太的外甥。」

張晴眼睛亮了一下，卻又隨即黯淡下來。

讓王秀蘭春風拂面的江博士，遞名片過來：「張小姐請不吝指教。」土生土長的華僑，說起中文，通常是復古式的，正式嚴謹得不得了。

張晴不禁咧嘴一笑。

江本傑也笑，不過，他是爲張晴的笑而笑；看來瞧去，當然還是東方女子婉約的樣子可人。

張晴猛然想起，江本傑讓她眼睛一亮的原因，是國中時讓自己「恨千古」的郭子。有著全天下少女都難以倖免魅惑的郭品仲，正是這麼一張英談起來。難不成，這便是總編口中「年輕的女書法家」？記得是姓王。

約瑟夫比手畫腳的，全身戲劇得要命。定是在賣弄那半調子中文了。

那位女士偏過頭來，側臉好看，是那種不必搞柔焦的婉約線條。

老戴被自己慣常以拍照的元素「看」人給逗笑了。這是攝影師的壞毛病，看人總是連「光圈、角度」等等一起考量。

這樣的側臉線條……

熟悉感，絕對是熟悉感。

他再架上攝影機，從鏡頭望下去。

女子已經回過頭，再度背對他。她穿著素樸的淡藍套裝，交給約瑟夫一份書面資料，便急忙往右走。原來，另一個房裡有人喚她。

約瑟夫抬頭見他在樓上，三步併兩步跳上來，一面報告：「我剛剛說了好幾句中文呢。『書法挺清朗的臉；當然，以及一具玉樹臨風的好身材。

「一具！」

張晴又被自己的形容詞逗笑。如果江本傑聽到她心裡是如何描述他，怕要不解的發問：「一具？」

但那樣的英姿與帥氣與她無關。

張晴不似王秀蘭熱切，反而想快些返回展覽大廳。為什麼剛才她有那麼強烈的情緒，激動的想起老戴？

藉詞離開休息室，她想到室外走走；想讓自己鎮定一下。也許，初次踏上異地，所有的感官也特別敏銳，敏銳到有些神經質吧。

一個揹攝影機的男人蹲在桌邊整理器材，黑髮呢，也是位土生土長的本地記者嗎？張晴慢下腳步，想等他抬頭，看看這戴眼鏡的男人是副什麼臉孔。

幹什麼呢？萬一他十分鐘後才抬頭，我能在桌邊踱來踱去嗎？

家』、『站覽』、『成功』……」

戴立德笑開雙頰酒窩：「是『展覽』。」

「差不多啦。剛剛那位翻譯的小姐，直誇我發音標準呢。」

戴立德又拉拉約瑟夫馬尾：「你又忘了，亞洲人最愛說客套話。」

會場的人潮越來越多，他們吃了幾盤中式點心後，還是決定早早回家。約瑟夫急著看世界盃足球賽轉播，反正已拿到書面資料，可以寫出一篇完整報導了。

戴立德取了一些會場鏡頭，又補拍不少作品；他沿著展覽場繞一圈，有種奇怪的直覺，想要確定剛才那股莫名所以的「熟悉感」是什麼道理？

戴立德想找書法家拍張照，約瑟夫揚揚手中的書面資料，說：「這裡有好大一張肖像圖，我問過了，可以直接翻拍。」

約瑟夫有著典型紐約急性子，直嚷嚷：「可以張晴這麼一想，反而腳步快起來，匆匆走過黑髮男人身邊，禮貌一句「Excuse me」，往盥洗室沖把臉。

「終於出國了，地圖女孩。」張晴看著鏡中的自己，苦笑。

「喂，晚上有飯局喔，邱博士已經訂好座位了。」王秀蘭推門進來。

張晴頭一偏，從門縫往外瞥見一個影子。

是那位整理攝影器材的男人。

好熟悉的側影線條，戴著眼鏡……

有沒有酒窩？笑起來有沒有酒窩……有沒有？

這太震撼了，眞的可能嗎？十年不見，一朝重逢如夢中。

張晴顧不得王秀蘭絮叨著說什麼，急急往大廳走。

透過玻璃門，那人已在車上，和剛剛賣弄中文的美國記者並肩坐著。

是嗎？是他嗎？張晴推開門。

車子發動，走了。

了，可以了。」還先到車上發動冷氣等他。

不是特別寬敞的會場，擠進不少人；然而，戴立德覺得整個人站在空曠處。

像是從很久遠很久遠吹來的一道冷風，將他吹離這一切。人擠人的溫度降了，茶點的味道淡了，每幅作品的飽滿或留白不見了。只剩下他站在空無一人的大海邊，等著一隻大翅鯨的低低吟唱。

「喂喂喂！」

約瑟夫索性在玻璃窗外做起鬼臉來。

他回過神，低下身收拾一袋子攝影器材。一雙纖白東方腿從身側跨過，還細聲道了句：「Excuse me.」

確定是東方腿的原因，是因為西方大姑娘的腿多半豐飽壯碩。

他略略半抬了頭，給個禮貌微笑。約瑟夫已急得敲起玻璃，他迅速推開門走出去。

才一出門，背包裡的行動電話便響起來。戴立

「怎麼可能？妳以爲妳在拍電影啊。」張晴吐一口氣，眼睛卻微微泛起潮。

多麼多麼，多麼希望再見到老戴一面啊。

德急匆匆尋出電話，一面將身子矮進車中。

「喂，媽媽啊，什麼？大聲一些……」

從金屬硬殼中傳來的老媽高八度嗓音，也如同金屬一般冰寒：「立德啊，快點回家。你姊姊出事了！」

4 地圖女孩

第一天開幕活動，王秀蘭很滿意，回飯店的路上，禁不住語無倫次，竟說：「舊金山人真懂國粹啊！」

張晴差點兒昏倒。但她只是微微一笑，點點頭：「恭喜，真的很成功。」

王秀蘭沉醉在輝煌成績裡，暈陶陶繼續清點戰果：「邱太太也說，好幾年沒見過這麼優秀的展覽了。」

「對了，晚上慶功宴，妳要記得穿晚禮服喲，外國很講究宴會禮儀的。」王秀蘭講得彷彿張晴宴會上定會讓全場蒙羞似的，張晴心裡很不痛快。她揚揚眉，自己先自首：「我哪有晚禮服。」

4 鯨魚男孩

人還沒進門，戴立德已經覺得不對勁。

這個從小與他「相依為命」的藍鯨姊姊，從來都不讓家人操心的，連高中那場改變她一生命運的車禍，也沒讓她投降，還能安慰哭得死去活來的媽媽呢。

這個姊姊是他生命中最重要的人，從小是她帶著他一步步觸摸這個真實世界，讓他感受世界的種種細膩與粗糙。

她完全懂得這個弟弟的許多成長心事，完全明白弟弟對什麼事在乎，在乎到可以為之痛、為之織夢。比如：送給張晴的那張手繪地圖。

當年，為了向熱愛收集地圖的張晴獻寶，戴立德在姊姊指點下，親手設計一張地圖，圖上全是些幼稚可笑、卻又如此溫柔夢幻的街道、山河；總之王秀蘭大呼小叫：「哎喲，出國前我有提醒妳。還是我忘啦？眞要命。」

張晴笑笑：「放心，保證不會出人命。」她指指身上的淡藍色套裝。「晚上，我換穿長褲，上衣再別個特大號胸針，讓人看傻眼，完全忘了我沒穿禮服。」

王秀蘭哈哈大笑：「咦，張晴妳也會耍寶。小學時完全看不出來呢。」

張晴心想：「小學時我們看不出來的事可多了。」

一回到飯店，王秀蘭向張晴借好乳液，便回房修容準備。

張晴爲自己泡杯咖啡，坐在窗邊，望著異國天空。奇怪的是，她一點兒也沒有身在異國的感覺。莫非，「感覺」自己也有感覺？需要一些特殊情境與對象才能激發。

從前，她多嚮往能飛到地圖上的每個遙遠國度啊。爲什麼如今她是一個與世無爭的「不可能存在」的地方。

在戴立德心中，姊姊是一頭大藍鯨，大到可以吞下全世界的小魚小蝦。再怎麼不愉快的事，在無所不能的姊姊手中，也不過是一尾小蝦米。

而大藍鯨，現在遇到前所未見的可怕浪頭嗎？她就要被吞沒？還是奮力在巨大浪頭上等待救援？

老媽電話裡，那種如世界末日般的恐怖聲調：「你姊姊出事了！」真讓他驚嚇得有些恍神。

他一路催約瑟夫「超速超速，儘管超速，罰單我付」。這事太不尋常，姊姊能出什麼事。媽媽電話裡說不清，只是哭。

「爸爸呢？」

「不在啊，找姊姊去……嗚……」

找姊姊？

戴立德一到家，急得直問媽媽：「快說快說，姊姊怎麼啦？」

媽媽一面拭淚一面試著條理分析，卻是越說越擁有機票與護照，卻一點也不興奮，這是什麼原因？遙遠的國度，眞有她想要的故事？或是，她只是因爲遙遠，而多了些憧憬。

這是她的世界，這是她的人生，她的世界，從一個點開始，飛翔到一個空間。

這個陌生空間，會給她一個什麼不一樣的人生？

王秀蘭打飯店內線電話來催：「張晴，好了沒？」張晴還沒開口，王秀蘭又自己接上話：「欸，妳覺得那個江本傑怎麼樣？」

張晴沒有小女生的私議情愛習慣，故意裝蒜：「什麼意思？」

王秀蘭簡直就等她這句話似的，高八度的興奮開講：「學歷高、收入高、品相高；典型的理想三高情人呢，不知道他有沒有固定的女朋友？」

王秀蘭的意思，只要不是固定，甚至只要尚未論及婚嫁，這樣的三高情人，人人得而追之、抓之，想辦法套上繩索固定之。

顛三倒四。只有真急得不行，一向是「英文名師」的媽媽才口齒不清。

戴立德從媽媽的嗚咽中捕捉到幾個總算清晰的句子：「姊姊不見了。姊夫出軌。姊姊沒有生氣。姊夫去上班。姊姊不見了。」

但是，姊夫出軌？

怎麼可能？

當年，戴立德看著姊夫深情款款摟著輪椅上的姊姊，覺得如果要選一張代表「幸福」的詮釋相片，便是眼前這一對鴛鴦了。

怎麼可能？

爸爸終於回家了，開門便說：「別哭啦。兒孫自有兒孫福。」

媽媽又再度放聲大哭。

爸爸終於找到姊姊了，只能以義肢辛苦慢行的姊姊，能到哪兒去嘛。

爸爸是在姊姊家附近公園找到的，然後，根據張晴笑了：「王秀蘭，妳是國際書法名家，不是西部牛仔耶。」

「哈，都快三十歲了，只要樣子還過得去，我都有興趣。」王秀蘭這一番話，讓張晴也愣了一下。說來，女生的二十六歲，的確可以誇飾為「快三十歲」了。

主辦的邱博士夫婦來接她們。邱博士一邊開車，一邊談論有關東西方文化異同。王秀蘭倒有些這題材的墨水，侃侃而論。張晴聽著聽著，對身邊這位小學同學有些刮目相看。

邱太太是典型的家庭主婦，一切以夫為貴，開口閉口都是「我們家老邱說」、「我們家老邱喜歡」。張晴心想，媽媽如果也是這樣，她的人生，將會有多大不同啊。

一到餐廳，入座後全是陌生臉孔，張晴本想挨著王秀蘭坐，卻是江本傑早一步替她拉開椅子，邀請她坐在身旁；還說：「咱們是配角，讓主角們上坐。」

姊姊簡要說明，爸爸零碎拼湊出姊姊「離家出走」一整天的原因：姊夫與研究室助理小姐發展出婚外情。這位蜜雪兒，其實全家人都熟，典型金髮甜姐兒，姊夫老冠以「我的最佳助手」頭銜稱呼她。有時，家族聚會也邀請她一起參加，沒想到，真鬧成「家族」事件。

爸爸又轉述姊姊描述的事件：「建志和蜜雪兒熱戀多久我不知道，只知道他們彼此互望的眼神，不輸給羅密歐與茱麗葉。」

媽媽差點兒笑出來：「這個戴立言，畢竟是搖筆桿的。」

爸爸洗把臉後，自己試圖冷靜下來：「立言沒事，說是在外吹一天風，想很多，沒有恨。」

媽媽想起來又要哭了，爸爸拍拍她的手：「我看這事，咱們幫不上忙的。說不定，是立言自己多疑，誤會了。」

但是，三個人都知道，若不是握有十足證據，張晴看著王秀蘭，她仍是眉飛色舞的與邱博士大聲辯論著，主題現在鎖定在東西方透視學上的不同。看不出王秀蘭對張晴竟有榮幸坐在三高情人身邊，有什麼意見。

只是，王秀蘭的嗓音似乎比在車上又高出幾度了。

江本傑的中文說得倒不差，不時轉過頭和張晴聊了幾句；張晴只當他是禮貌，不甚起勁的應答著。

「妳眞的沒有出過國？」

江本傑一臉詫異的繼續說：「我連非洲都去過呢。這世界太大，走一走才知自己的渺小。」

張晴臉色一沉，心想：「我愛國不行嗎？孤陋寡聞又不關你的事。西方文化就是這麼的讓人難堪嗎？完全不考慮別人的感受。」

王秀蘭可神了，明明正與邱博士辯論，居然可以憑空插入一句：

「江博士啊，這世界是夠大，但有人卻喜愛一方小小的天地哩。」

一向條理井然的姊姊是不會瞎說的。

戴立德直要衝出門，立刻就想把姊姊接回家。

「不成！」爸爸搖頭。

戴立德懂爸爸的意思，姊姊的個性，不會要人善後的。

按照她往日的個性，一定會先與姊夫來一場「理性談判」，然後自己分析個三天三夜。最後，當她打電話來，不是「來載我吧」，便會是「沒事了。」

戴立德希望是後一個答案，雖然他有點忐忑，有點覺得這次不大一樣。

幾天後，姊姊打電話來，媽媽接的。戴立德和爸爸湊在旁傾耳細聽，爸爸一直想搶電話，媽媽卻連連搖頭，只不斷說：「妳確定嗎？」、「不要庸人自擾。」、「不回來住幾天嗎？」、「真的嗎？」

當晚三個人都無心吃飯，因為姊姊居然說的是「沒事了。」

張晴心頭一股無名火。

她氣的不是江本傑的直言直語，而是王秀蘭的故作文雅，什麼「一方小小天地」！還有，她根本就在一路監聽她和江本傑吧？

張晴忍不住回話了：「江博士啊，如果我心眼小的話，你這樣說，我會覺得是諷刺呢。」

江本傑一愣：「諷刺？」

他倒也有聽不懂的中文。

慶功宴結束時，張晴已經對江本傑的印象壞到谷底。

明明是俊帥英挺的男人，開口卻是傷人利刺。太像了，張晴想起國中時，那個也是傷自己好深好深的郭品仲。

情竇初開的少女，鼓起勇氣寫的傾慕之信，卻被當成笑話公布，這是人間至辱吧。張晴永遠也不會原諒那個年少的郭品仲。儘管後來他想道歉，她卻已覺得飛過千山萬水，人生從此不同了。

怎麼會沒事？戴立德急得跳腳。他幾乎要和已達崩潰邊緣的媽媽一樣嘶吼出聲。

當然有事，一個出過軌的丈夫，就算回頭，就算懊悔，信任的裂痕已在。從小一切都強人一等的姊姊，不可免的有精神潔癖。她竟然願意忍受婚姻陰影？

戴立德決定明天一早，向公司請假，好好跟姊姊談個夠。

還沒找上姊姊，姊夫就先趕到家裡來了。

戴家爸媽都是明理開通的人，不會一哭二鬧。當晚見到林建志，媽媽先是習慣性的抱一抱這個向來讓她窩心的女婿，繼而嘆口氣，坐進沙發：「你好好說明白吧。」

姊夫卻千言萬語，不知從何說起似的，也嘆口氣，坐在戴媽媽身邊。

好一會兒，四個人都傻在原地，完全無法邁出下一步。

眼前又是一個自以爲是天之驕子的人！

她保持沉默，只低頭禮貌淺笑的切菜吃菜，品酒聽歌。席間眾人的喧擾，她距離遠遠的觀察著、警戒著。

步出餐廳，邱博士安排著誰送誰。江本傑卻一把拉住張晴，大喊：「我有榮幸邀請美麗的張小姐散散步嗎？剛才吃太撐了。」

張晴臉色大變。

邱太太笑得燦爛：「張晴，本傑可是個本地夜店通，哪兒熱鬧他最知道，情報可是很足的喲。去去去，年輕人玩玩。」

順勢還拉住王秀蘭：「秀蘭，我們也帶妳去家情調特好的茶館，台灣來的老闆呢。」

王秀蘭初初愣了一下，卻立刻回魂，鎮定的說：「我跟張晴一起走。我答應她爸爸，會好好照顧她。」轉頭對江本傑一笑：「可不能讓大野狼吃了小紅帽。」

姊夫忽然想起什麼，從背包找出一封信，攤開在桌上。

他的聲調如此疲憊，如此困惑：「從上個月起，我每隔兩三天，就會收到立言寄到研究室的信。」

「寄信？你沒回家啊？」媽媽喊出聲來。

姊夫急著答：「我每天都準時回家啊。」

爸爸一把抓起信，媽媽也挨近了看，兩人邊看邊瞪大雙眼。

媽媽一副不想再親眼目睹的神態，將信遞給戴立德：「立德啊，你看看，姊姊是怎麼了？」

這是一封多麼叫人震撼的書信哪。全篇充滿最惡毒、最低劣的詛咒字眼。戴立德手開始顫抖，不能相信這些字眼是出自姊姊的手。

「你們這對姦夫淫婦，去死吧，下地獄吧，被車輾成碎屍吧，被狂犬撕裂吧……」

林建志取下眼鏡，揉揉雙眼，繼續說明：「上週，我收到一張畫滿鬼符的黃紙。再來，是一個心有那麼一刻，張晴懊喪死了。

她警覺到，王秀蘭豎起羽毛，要對她或者江本傑展開什麼攻擊行動。更令她一驚的是：自己居然很開心江本傑邀請她夜遊。

這太複雜了……

張晴回過神，淡淡一笑：「不用了。秀蘭和江博士有興致，你們去吧。我頭痛，還有一本書正譯到一半，得回去加班。」

令她料想不到的是，兩人竟笑咪咪齊答：「好啊。」

江本傑挽著王秀蘭走了。

張晴低下眼，收攏收攏自己被晚風吹散的亂髮。

舊金山的夏夜，怎麼變得冷了？

口上扎針的小草人。還有一封，是我和蜜雪兒在咖啡廳吃午餐的相片。」

「建志啊，你到底⋯⋯」

媽媽話還沒說完，姊夫幾乎吼出聲：「當然沒有！我和蜜雪兒清清白白的，老實說，每天的研究進度，搞得我已經頭痛萬分。我實在不懂，立言發什麼神經？」

怎麼會是這樣！

戴家三個人再度傻住。

眼前這個深度近視的瘦弱男人，他們認識太久太久了，從他在台灣是爸爸的研究生開始。他們有夠深的把握，知道林建志的真真假假。只是，如果他說的屬實，那個他們認識更深的姊姊，又是怎麼了？

爸爸滿臉嚴肅，拍拍姊夫：「你其實知道怎麼回事，啊？」

5 地圖女孩

張晴搭邱博士的車回到旅館後，先好好沖個澡，頓時覺得清爽乾淨。只可惜忘了帶爽身粉。

她最愛洗完澡後，全身撲上香噴噴的爽身粉，連脖子都抹上厚厚一圈。爸爸常常會取笑她：「還沒長大喔。」大姑則瞪她一眼：「爽身粉吸入有毒，對身體不好。」有幾次，大姑甚至偷偷把沒用完的爽身粉倒個精光。

早已習慣當老姑婆的大姑，一直用一種嚴苛的方式教養張晴——這個十幾歲媽媽就離家的可憐小女孩。大姑恨透了媽媽，張晴十分清楚。

年少時，她用相同的恨意對待大姑，她總認爲媽媽的不告而別，

5 鯨魚男孩

再見到姊姊，戴立德恍如隔世。似乎，從前的人生翻了個跟頭，整個倒立著，以一種全新的怪異角度，展現在他面前。

他該如何面對這個寫出惡狠書信咒人慘死的姊姊？

爸媽與姊夫昨晚在家詳談許久。最後的結論，是姊姊恐怕病了。

精神上的病。

原因還不清楚，但確定的是應該迅速就醫。

「我明天就去預約。」媽媽拭掉滿臉淚水，吐出一口好長好長的氣，大約想藉此宣洩心裡的痛。

「建志啊，你委屈了。」爸爸搖搖頭。

姊夫不是外表亮眼的男人，其貌不揚的他，是靠著真本事在異國取得一席之地的。爸爸深知這位大姑必須負幾分責任。誰都受不了大姑那種兇巴巴的態度吧。

媽媽離去後，大姑卻無怨尤的一肩扛起照顧家的擔子。她扶持一度痛不欲生的爸爸，要他在工作中忘卻傷痛。也是她拉拔著張晴從少女無災無難的長成健健康康的大女生。

大姑會在寒夜燉滋補的雞湯，逼張晴喝兩大碗。儘管張晴苦哈哈的皺眉擠眼，抱怨：「難喝死了，我不要吃苦。」心裡卻不無暖意。

沒有媽媽，大姑盡責的取代媽媽的角色，張晴漸漸知道大姑善良的一面。她也曾有機會風光嫁人吧，卻選擇留在一個缺憾的家，努力讓這個家看似無憾。

爸爸有回偷偷告訴她，大姑年輕時的一次熱烈戀愛，被保守的爺爺奶奶阻絕，從此很少歡笑。張晴難以想像，那是個什麼樣的年代？幸福，竟必須掌控在別人手上。

此時此刻，遠在台灣的爸爸和大姑應該才要開店做生意吧。搬離高徒的個性，他咬牙度過多少個日夜啊。

每晚回到家，姊姊的冷言熱語，甚至是顛三倒四的敘述；以及寄到研究室一封封令他心力交瘁的信。更難堪的，她還會打電話恐嚇蜜雪兒。

再如何開朗的美國甜心，也受不了這樣的連番騷擾。蜜雪兒終於對林建志下警告：「你應該趕快送她去看醫生，否則我會去告你。」

一席又一席刺痛戴家人的話，整夜在耳邊縈迴。戴立德在床上翻來覆去幾乎無法入眠，他相信爸媽也是。

現在，他站在姊姊家玄關，一張小桌子上，擺放一只典雅的雕塑。行動不便的姊姊，依然想辦法將小小家裡打點得一塵不染。令人不敢相信這是個病人的家。

戴立德跟爸媽商量好，先由他來探探姊姊。容易情緒化的媽媽，絕對會在此時壞事。而爸爸，則根本無法面對自小讓他放一百萬顆心的女兒。

小鄉村後，他們到市區開了家平價商店，大姑是一流的生意人，小小店面經營得有聲有色。市面上流行什麼，她就進什麼貨，店裡老是熱熱鬧鬧的。尤其下班時間，住家附近的上班婦女，老愛往店裡跑，因爲大姑的商業嗅覺太靈了，她會將一位都會主婦匆忙趕回家做菜的油鹽醬醋準備齊全，她甚至還打算換個大冰櫃進雞鴨魚肉呢。

店面左側不遠是座小公園，爸爸最愛在那裡消磨時間。有時是跟鄰居下棋，更多時候是在大石桌上雕刻些小玩意兒。

本是家具木匠的爸爸，手藝自是高超，牛刀殺小雞，更顯出他的手巧心細。他愛刻小飾品，還會照著張晴從舊書店買回的國外雜誌上研究，開發精巧造形。好幾回，鄰居想花錢購買，他卻搖頭：「非賣品，非賣品。」

天氣不好時，爸爸只能在商店櫃檯後雕刻。大姑會罵他：「別刻了，吸入大半輩子木屑還不夠啊？小心肺。還有，你刻了滿滿一倉庫

「姊！我來了，買了一星期份的法國麵包。」

剛才電話中，姊姊交待他順便帶點麵包過來。

從臥房裡緩緩走出來的姊姊，卻是語調略顯高亢：「你今天為什麼不上班？該不會被解雇了吧。這年頭工作不好找耶，你已經老大不小，再不長大怎麼行……」

戴立德想：上一次見到姊姊是什麼時候？兩個月前吧，那時，大藍鯨姊姊可不是個嘮叨老太婆。她總是有條不紊的交待他這個那個，言簡意賅。就連請他上超市代購生活用品，也是以電腦整整齊齊條列，還依照超市的擺設櫃分類。

「姊，中午吃什麼？」

「還吃！看我胖成什麼樣。」姊姊瞪他一眼。

但是姊姊不但不胖，還應該被歸類為「骨感」才對。

戴立德鼻頭有點酸，姊姊是不對勁。

「戴立德，你有看這期的紐約時報書評嗎？

鬼玩意兒，快堆不下了。」

張晴知道爸爸的心事全鎖在那些木雕小玩意兒裡。

有幾次，爸爸拿著耗去數天刻好的美麗作品問她：「張晴，妳覺得媽媽會不會喜歡這個蠟燭台？」

張晴眞想說：「爸呀，你別傻了。」

看見爸爸認眞的眼神，她只能假裝也認眞萬分的評比著：「嗯，不錯，這個線條媽媽會喜歡，她以前買的髮夾常常就長這樣。」

爸爸一聽，竟然還興奮的接話：「我就知道，我記得那個彎曲的弧線，一共要繞五圈。」

張晴嘆口氣，將心思轉回舊金山黝黑夜空。

王秀蘭眞絕，更絕的是那個江本傑！

不對；張晴搖搖頭，她對著鏡子，在臉上抹一層又一層的乳液。

是不對；因爲最絕的，其實是張晴自己。

什麼年度圖書嘛，評選出一堆文字垃圾，文渣、文盲。」

戴立德對文學書不甚熱衷，但他知道姊姊持續寫作，自然關心文壇大小事。

正思考應該如何把話題帶入姊姊的離家出走事件，姊姊卻「匡噹」一聲拿起桌上的玻璃杯往地上砸。

「姊！怎麼了？」

戴立德一慌，腳下滑了一跤，硬生生摔倒。

他只覺額頭刺進什麼東西，痛得大叫出聲。

比他更大聲的是姊姊的尖叫。

「沒事啊，沒事啊。姊，別叫。」戴立德站起身，想進浴室拿藥，姊姊卻抱著頭，更尖銳的狂叫著。

他忍著痛，撥打電話叫爸媽快來。一面抱住姊姊，安撫她：「好了，好了。」一面掏出手帕壓住額頭止血。

她發現自己情緒波動了。

她願意老老實實的對自己告解：「我，對江本傑的印象很好。」

畢竟，人家是最最典型的三高情人。

畢竟，她已經二十六歲，不是不會對「愛情」抱有幻想。

大學時，也跟一位學長交往過。後來怎麼分手的，她卻一點線索都記不得，大約是個性不合之類的吧。研究所畢業後，她直接進入一家語言中心的翻譯組擔任口譯工作。職場上面對的總是些腦滿腸肥、髮油膩到可以讓人倒胃的大老闆。幾年過去，居然連一個男朋友都沒有。

別說男朋友了，連可以談心的男性友人都沒有。別說談心了，連聖誕夜可以一起去唱個歌、瞎聊天的男性同事都缺。怎麼擔任口譯的盡是一堆女人啊？

這回的「雇主」眞夠特別的，小學同學！這樣的機率有多大？她可是遠遠的搬離小學成長的地方呢。

爸媽一進門，姊姊馬上安靜。她的雙眼定定望著窗外，一句話也不說。

爸爸小心翼翼收拾地上的玻璃碎屑，媽媽幫戴立德擦藥。

大白天，陽光曬進屋內，一地的玻璃閃著點點光芒。

戴立言抱著胸，呼吸聲十分急促。

爸爸急了，終究忍不住：「女兒啊，我的心肝寶貝啊……」

爸爸大哭出聲，戴立言一轉身，也跌進父親懷裡痛哭起來。

「爸爸，我病了啊……我知道我病了啊。我已經不能控制自己了，我想死，好想死啊……」

全家淚流滿面，哭成一團。

屋裡的陽光，映照在姊姊一寸寸擦淨的地磚上；姊姊的哭聲，漸漸成了乾嚎，彷彿她的生命，全用來彰顯哭泣與哀傷。

那個小小的、收藏她年少許多心事的地方。

那時，國中放學後，有個人每天陪她等車回家，那個有著一盞暖小燈泡的小小車站；那個笑起來有深深酒窩的老戴。

想起老戴，她猛然回過神：「咦，我現在人在美國，遇見老戴的機率有多高啊？他應該還在美國吧。」她想起展覽會場上那一抹奇特的感覺。

趴在窗邊，她望著靜靜夜空。旅館的招牌，閃著豔麗燈色，這是美國，這是當年老戴離開她、奔向的目的地。人生說來時時奇巧，十年後，她也奔向這裡。

敲門聲響。

打開門，果然是喜盈盈的王秀蘭。

「妳啊，眞不會做人。」王秀蘭進門劈頭便高嗓音宣告。

張晴微微笑了笑，各人心裡各有肚腸。她太清楚王秀蘭其實感激原是溫暖的小小客廳，站著手足無措的四個大人。

一小時過去，兩小時過去，三小時過去……

黃昏了，戴立德頭痛得快爆裂。額頭被玻璃屑割的傷，仍隱隱作痛。媽媽要他快去診所打破傷風針，他卻哪兒也不想去。

他只想搞懂：這是怎麼回事？

這個從小超級萬能的姊姊，如何在短短兩三個月，成了無法停止哭泣的無助女人？

鑰匙轉動門把的聲音，讓姊姊稍微停了一下。望見是姊夫進門，她又將臉埋進沙發抱枕中繼續哭泣。

「她……」爸爸開口想說明，姊夫卻搖搖頭，似乎早已習慣。

他先攙扶姊姊進臥室。戴立德從門縫瞥見姊夫耐性的幫姊姊寬衣，扶她上床，蓋好被子，扭暗床燈。又坐在床沿，摸摸姊姊的頭，從桌上抽出面紙她不去當電燈泡。

「本傑好幽默喲，一路逗得我笑岔氣。」王秀蘭坐在床邊，揉著豐肥小腿。

張晴本能的回敬一槍：「才兩個小時，就從江博士升級爲本傑了呀，你們進展倒是挺快的。」

王秀蘭笑得眼都瞇成一條線：「人不親土親嘛，都是老鄉。」

張晴眞不知這句俚語應用得妥不妥當，只想趕快上床。累了一天，加上時差還沒調整好，她不斷打著呵欠。

「明天還有一場演講，妳也快休息吧。」張晴拿起乳液，塞進王秀蘭手裡。

王秀蘭卻乾脆躺了下來：「我們聊聊吧。好久沒跟老同學談心了耶。」

張晴坐進窗邊的小沙發：「聊什麼啊，妳的本傑嗎？」

為姊姊輕輕拭去眼淚。

這個老老實實的好人！

幾分鐘後，姊姊的啜泣聲仍不間斷，姊夫走了出來。

「上個月起，她就是這樣。每天我回到家，不是對我整夜斥罵，就是自己躲在臥室哭到天亮。」姊夫的嗓音，聽起來與姊姊的啜泣簡直差不多。

「那你為什麼不早說？」媽媽怒氣上來，責怪姊夫。

姊夫低下頭，嘆氣。

戴立德懂，他知道姊夫是個多體貼的人。他想起當年，姊夫執意迎娶已然殘障的姊姊，當時，他感動到一夜無眠。

只是現在，讓他又一夜無眠的，竟是一個完全不一樣的姊姊。

幾天後，爸媽與姊夫終於下了結論：姊夫留在美國專心事業，其他三人回台灣。畢竟，親和性王秀蘭閉上眼睛：「張晴啊，妳這話酸度百分百喲。妳可別以爲我還是小學時那個只會篡改成績單的笨小孩。」

張晴心頭一震。

王秀蘭自顧自繼續昭告：「我看得出來江本傑對你有好感，妳喜不喜歡他我不知道，我只知道，我喜歡他。」

好個王秀蘭！

張晴眞是開了眼界。

的確，她已經不是小時候那個老愛抄她考卷的笨孩子。她現在看起來多俐落多有自信啊。

張晴不知道該接什麼話，轉頭又望向異國的夜空。這眞是個陌生的地方。

王秀蘭坐起身，語調和藹幾分：「妳別被我嚇到。」她轉開乳液罐子，倒在手上抹了抹。「我就靠著這樣的厚臉皮撐起來的。」

高的環境，較適合姊姊養病。況且，已經確定是憂鬱症的姊姊，一點都不想以英語對外國醫師吐露心事。

姊姊平靜下來時，自己也說：「我想回台灣，我想去公園看螳螂。」

小時候，她帶戴立德到公園玩，姊弟倆專抓荷花池邊草地上的螳螂。

戴立德也想回台灣，攝影這一行，到哪兒都找得到工作的，他覺得。

爸媽也十分贊成，因為此刻，這個姊姊太需要弟弟了，正如小時候，這個弟弟太需要姊姊一樣。

他們在最短時間內辦好回國手續，房子交給姊夫處理，他說會請同鄉辦理仲介的朋友先出租。收拾東西時，戴媽媽一下子摔破杯子，一下子打翻瓶子，最後甚至狠狠踢著椅子出氣。

戴爸爸看著一向快樂的妻子，成為灰撲撲的老太婆，心疼萬分：「別操心了，回台灣咱們找最好

「妳……」張晴話才起頭，王秀蘭已經站起來，走向門邊了。

「我們都累了，明天的演講要麻煩妳翻譯，快上床吧。」話一說完，王秀蘭輕輕帶上門，離開了。

那瓶乳液留在床上。

張晴愣了好一會兒。

這不是她印象裡的王秀蘭，不是那個胖乎乎的笨小孩。

一直到回台灣的飛機上，她們沒有再談過一句私事。

的醫生，一切都會好轉的。」

兩個忽然老去的人抱在一起，卻已哭不出來。這輩子，這是第一次他們對這個世界束手無策，比多年前立言發生車禍時還令他們痛苦。

因為立言展現了生命中從未展現的面向，這面向如此陰冷神祕，他們這輩子不曾遇過、想過家裡會有個精神病患。

他們只希望，明天一覺醒來，忽然什麼事都沒了，一家子又回到曾有的無憂歲月。

6 地圖女孩

回台後，張晴覺得比過去任何一次工作都累。於是，她申請了較長的休假，想回老家好好喘口氣。

明明電話裡說好，自己下了飛機會搭計程車回家，一走出機場，爸爸卻已經等在門外。

「妳怎麼又瘦了？」爸爸每次見面的開場白都是這一句。

以前她總是忙著糾正：「哪有瘦，明明還胖了兩公斤。」後來知道，那不過是爸爸疼惜她的一種方式，也就微笑以對。

「店裡還好吧。」

「不好。」爸爸接過她的行李，往停車場走。「叫妳不要一個人

6 鯨魚男孩

虧大伯將自家在台北的老房子照顧得好，戴家人回到台灣，住進去後，全都是「還是家裡好」的輕鬆感。

媽媽要戴立德到購物商場買暖黃色調的被子，給姊姊使用。她偷偷告誡爸爸與戴立德：「我們要讓立言覺得到處都有溫度。」

「妳別瞎忙，先去打聽哪個心理醫師好。」爸爸在這段時間，一下子老了許多。從前，他跟媽媽會在浴室笑哈哈互相剪髮、染髮；現在，爸媽耳際，盡是一綹綹銀白髮絲。爸媽老去的速度，就是姊姊病情發作的速度。

戴立德在人力銀行尋找，很快在一家美食情報月刊社找到新工作，還是攝影，只是拍攝對象從自然美景更替為美食。

在台北租房子，回家幫忙顧店。要不然，把店改成英語補習班，給妳教多好。」

張晴知道這又是爸爸另一種心疼她的方式。在爸爸和大姑的想像中，隻身在外的張晴，定是在台北過著挨餓受凍、苦難連天的日子。一個連「四物、八珍、十全」都不懂的女孩，怎麼懂得照顧自己呢——大姑老是如此叨唸著。

「爸，我這次去美國，幫你帶了一個好漂亮的木雕呢，是在機場買的，是美國原住民雕的藝術品呢。」張晴連珠炮報告著。「還有幫大姑買了個定時器，銀白色的，煮東西時就不怕燒焦了。」

「妳大姑這輩子沒燒焦過東西。」爸爸笑出聲。

也對，這輩子他們全家只有張晴曾經在高中時，上家政課把豆腐燒焦了。

車子開過清風襲人的小鎮平原，張晴頓覺心神寧靜。「爸，我有第一次出外景，拍的是牛肉麵，他對著一碗濃郁麵食，使出看家本領，又是打光，又是調整背景。拍著拍著，他想起什麼，竟然忍不住笑起來，還差點打翻眼前的牛肉麵。

一回到公司，當他在電腦上叫出圖檔時，看見當天成果，卻一下子激動萬分，忍不住自己輕嘆一句：「天啊，我把牛肉麵拍得如此秀色可餐。」

一旁編輯部的小女生小鈴，瞄他一眼：「牛肉麵本來就可餐啊。」

總編輯走過來，看一眼螢幕，忽然眉眼一揚，將戴立德推開，自己坐下來。

「嗯，不錯。嗯，質感佳。嗯，有意思……」

一連三個「嗯」，戴立德被逗笑了。

「總編大人，妳這嗯嗯嗯的，到底是喜不喜歡？」小鈴是文字編輯，也湊過來，問總編輯楊可嫻。

楊可嫻坐上總編輯的位置，不過兩年時間，

點想換工作。這工作一做幾年，有些厭倦了。」

「妳愛做什麼隨妳高興，不要對人生厭倦。」爸爸穩穩握住方向盤，聲音不急不緩。

「妳最了解爸爸經歷過什麼，當年妳媽媽對我、對這個家的厭倦，我無能爲力。」爸爸一點都不讓張晴接話，繼續說：「所以，我發誓在我有生之年，絕不讓妳不快樂。」

張晴沉默了。

的確，爸爸總是對張晴言聽計從，幸虧張晴自己有分寸，否則長成個怪胎、太保太妹什麼的，外人怕不指責這個爸爸「溺愛」才怪。

這是爸爸對應他心愛妻子離去的方式。爸爸從未在張晴面前出過惡言，尤其是對媽媽的惡言。張晴甚至覺得，爸爸一定還相信，媽媽總有一天會循線找到他們，循著往日曾有過的恩愛找到。

只是，張晴從不曾想過媽媽會回來；她不覺得媽媽像肥皀劇裡的卻熱愛老氣橫秋的打扮，二十八歲，設若打點得妥切，其實仍可佯充少女；但楊總編每天黑色套裝，一副金邊眼鏡，像要對全公司的人宣告：「我可沒耐性跟你們這些毛頭小子耗時間。」

戴立德有些靦腆，故意走進茶水間倒茶。再回到座位，見楊總編仍擠在他小小的椅子上，滑鼠移來移去，不斷更換圖檔檢視。

「近看，她並不老嘛。」戴立德心想。

想起第一次到公司面談，楊總編老聲老氣的指導：「可別小看我們家這本美食月刊，它主宰多少個都會男女的胃呢。」

戴立德雖說早已跑遍大江南北，然而依舊是個容易害羞的大男生。這個大他兩歲的女主管，有點讓他不敢直接目視。

「喂，這裡的光讓美編修弱一點。」楊可嫻指著螢幕，交待文編，然後，丟下一句：「戴立德你跟我來。」便踩著平底運動鞋走進她的專屬辦公室。

沒良心女人，年華老去走投無路時，終於選擇落魄返鄉，要家人原諒她、接受她。這是眞實人間，不會照庸俗的連續劇劇本演出。

張晴當然也想媽媽，有時會思念到心口隱隱作痛。她想念媽媽對她的一切小小寵愛，她幫張晴在髮際別上世界上最可愛的髮夾，她幫張晴裙子的邊邊縫上小珠珠，她將張晴抱在懷裡，一絲絲世界上最香的氣味就飄散在空中。

媽媽，跟著她認定的「幸福」離開了。她起初不能相信媽媽居然丟下她，跟著一個愛聽流行歌曲的年輕木匠師傅走了；直到有一天，那個她被郭品仲當眾宣讀情書的晚上，她稍稍懂得有一種愛慕，會逼得人快要發瘋。

那已在發瘋邊緣的、快樂又痛苦的年少情懷歲月，幸而有一股清流小溪，柔柔冷卻自己熱到熾燙的心；老戴，自己總叫他「無害的小動物」……

這是楊可嫻另一怪招：她習慣身穿西式套裝，足下卻搭一雙醜兮兮運動布鞋，說是方便「布署行動」；編一本美食月刊，氣氛卻像在帶兵打仗。

小文編眨眨眼，吩咐戴立德：「快去，總編性子急。」

推開玻璃門，戴立德坐下，楊可嫻盯著他看了一會兒，然後露出微笑：「你拍的角度很特別，打的光也挺有個性。」

戴立德心想：我只不過是以拍艾菲爾鐵塔的功力，來拍一碗牛肉麵，妳倒說說，特不特別？

心裡這樣嘀咕，嘴裡可不敢造次，他也報以微笑：「老實說，我一向就這麼拍東西。」

楊可嫻收起微笑，正經八百交待：「看來你是有兩把刷子。這個月的刊頭，就交給你負責。」她想了想，翻翻桌上行事曆：「後天，你跟我到科學園區一趟吧，我有幾家餐廳要做專訪。」

戴立德點點頭，走出去時，瞥見小文編朝他眨總是不多話，卻永遠守候著自己。日後再想起來，她漸漸明白老戴對自己的愛，當時，他也有顆熾燙的心吧。

那時的老戴，快樂嗎？

像媽媽一樣快樂嗎？

在不快樂中快樂著嗎？

媽媽，現在快樂嗎？她眞想知道。

她曾經偷聽到大姑對爸爸訓示，意思是妻子離開那麼久，早就可以辦理離婚，趁早另外找個珍視家庭價值的好太太。爸爸那時沒答腔，沒對這個一向敬畏的大姊有反應；不過，一連幾天都寒著臉不說話，也不理人，把大姑惹火了，也想開了，從此不再提起這個話題。

「爸爸，我在美國認識了一個博士喔。」張晴故意轉個會讓爸爸起勁的話題。

「我還認識了三個博士咧，常來我們店裡買菸。」爸爸開她玩笑。

眨眼。他不清楚她在暗示什麼，收拾好器材只想趕快回家。

今天爸媽帶姊姊初診。

遠遠看見家裡的窗亮著，他鬆了口氣。

多少年前啊，那時還年少的他，放學回家，接近家時，一定先抬頭看看亮燈沒。燈亮，表示姊姊比他早到家；若窗子是暗的，他心裡便一陣寂寥。

爸媽常常外出，晚餐總是靠姊姊張羅。他進門後，會一一打開所有房間的燈，然後進自己房間寫功課。等到姊姊一進門，她會一一關掉無人使用房間的燈。但是，從來不曾罵過戴立德：「真浪費電。」

姊姊什麼都懂；連一個小男生獨自在家的那種孤單都懂。

後來，他認識張晴，於是，與姊姊的晚餐話題裡，便常有「抹香鯨」議題。姊姊真的什麼都懂，連一個少男的溫柔情懷都懂。

張晴搥爸爸一下：「討厭，人家說眞的啦。他有邀我去夜遊喲。」

爸爸馬上接口：「但是妳沒去！」

「討厭討厭討厭。」張晴大笑出聲。

在爸爸面前，張晴無所遁形。爸爸對她瞭若指掌，因爲張晴是爸爸的宇宙意義，她知道除了媽媽，自己是爸爸心裡最在乎最掛念的存在意義。

覺得元氣恢復後，張晴又回到台北公司上班。她算是公司資深的一員，當年公司以語言中心型態創辦時，才研究所畢業的她就被老闆網羅進來。雖是語言中心，卻包羅萬象，舉凡連鎖美語補習班、美語出版品、教學影片都有。甚至在公司設立一個翻譯組，外接「口譯、書面翻譯」。王秀蘭這位客戶，便是透過文化交流協會介紹來的案子。資深的張晴，享有一點小小特權，比如：輪到她接的客戶，如果她不願意，會轉給其他人。

不過這樣的機會其實不多，張晴很少對工作挑剔。她對自己的專現在，他以為無所不知、無所不能的大藍鯨姊姊，卻對這個世界發出第一個問號了。

「姊姊啊，是什麼讓妳困惑？妳有愛妳的家人、丈夫，妳有美國第一流大學的法國文學學位，妳有自己的小窩，妳不愁吃穿，除了行動稍微緩慢，妳什麼都不缺。是什麼讓妳崩潰？」

他一面步上樓梯，一面揉揉太陽穴；剛才那一番思索，心裡念著姊姊，但是腦子的視窗裡，卻瞬間有個影子跳上來。那個抹香鯨影子有點模糊，但他確信只要面對面，他能立刻清晰指出：「張晴，我永遠第一個想起妳。」

真是傻氣啊，自己倒真的無時無刻，永遠第一個想到張晴。

他笑自己。這句年少時的誓言，竟跟著他到天涯海角呢。張晴在哪兒他不知道，一點線索都沒有。曾經照畢業紀念冊上的地址寄過信，卻杳無回音。她搬家了吧。她在遠遠的、他無力碰觸的某處吧。他根本長頗有自信，不怕挑戰。

這天她才一進公司，就被大廳接待區入座的人嚇一跳。

「江博士？」

「How are you doing?」這江本傑，明明會說中文啊，幹麼講英語。

她湊過去，伸出手；接待過太多外國客戶，本能的西洋禮節。

江本傑總算意識到人在台灣，該使用本地語言：「張晴小姐，我一到台灣就來拜訪妳，是我阿姨給的地址。」

張晴有點尷尬，照說，現在是上班時間，實在不宜進行私人聚會。

她禮貌回應：「您需要本公司爲您服務嗎？我可以介紹懂一點觀光的同事給您。」

「不用了，我在台灣也有親戚。我是專程來拜訪妳的。」江本傑掏出一張名片。「這是我住的飯店，下班後請打給我，好嗎？我想請妳吃飯。」

搞不清楚這樣的執意熟背這句誓言有什麼意義。

「立德啊，回來了。吃過飯沒？」媽媽穿著圍裙，從廚房走出來。

他輕呼一句：「媽咪啊，妳圍裙穿反啦。」

媽媽「哎呀」叫了一聲，低頭看看，敲敲兒子腦袋：「竟敢騙我。」

戴立德每見媽媽做不尋常的演出，便要開她玩笑。很少做家事的媽媽，曾經想打件毛衣給姊姊，結果買的是人家打中國結的線。

爸爸急著拉戴立德進書房報告：「我告訴你看診結果。」

果然跟姊夫想的沒錯，是憂鬱症。醫師要姊姊這半年定期回診，也開了藥，規定爸媽盯著她吃。據醫師說，不少患者自以為「我沒病」，偷偷停藥，發作時一條繩索吊上樑柱，立刻結束生命。

爸爸用在大學教書的學術口吻轉述，戴立德卻是聽得心驚膽跳。

張晴接過名片，點點頭送客。公司裡同事雖然都各自低頭忙著，其實張晴知道她們全豎直耳朵，盯緊這個洋裡洋氣的三高情人——她們雖然不知道江本傑的底細，但公司裡每個年齡跟她相仿的大女生，對一個又高又帥的大男生，嗅覺可是細緻無比。

下班後，張晴當然沒有打電話去；只不過，她也沒丟掉那張名片。飯店離她租屋地點不算遠，捷運五個站可到。她還在見與不見的兩端心思擺盪。回到小套房裡，張晴先泡澡。再天大的難題，不如先泡個澡——她喜歡模仿《飄》裡郝思嘉的解題態度。

深夜十一點，她習慣收看HBO電影台，也藉機熟悉各種英語腔調。這回演的是葛妮絲派特洛的「超完美謀殺案」，一對同床異夢的夫妻，最終甚至必須靠爾虞我詐來保命。

電話鈴響時，螢幕正上映著驚悚的刺殺鏡頭，讓她嚇一跳。很少有人在深夜打給她的，朋友都知道她喜愛寧靜，夜晚不喜歡被打擾。

「醫師有沒有說姊姊的狀況如何？」

爸爸搖頭：「心理上的病，哪能量化為數據。醫師只說，妳姊姊還好，按時吃藥能控制住。想辦法別讓她煩……」

爸爸顯然自己先煩躁起來了：「說來，也只能靠她自己捱過去。」

戴立德想讓爸爸寬心：「別急，我會讓姊姊好起來的。」

晚餐時，一家人全繞著戴立德的新工作談。當他說到自己以一碗牛肉麵晉升為總編特別指定的「刊頭攝影師」時，媽媽被逗得笑嗆了。姊姊也難得的笑著下註解：「戴立德啊，以後你初一十五都要拜牛肉麵。」

爸爸很好奇為什麼一本美食刊物能付得起攝影師不算低的薪資。戴立德聳聳肩：「不清楚。吃算是一種大家都消費得起的生命娛樂吧，聽文編講，我們這家月刊，是台灣挺紅的暢銷雜誌呢。」

「張晴小姐，我是江本傑。」
她又是一驚，實在不記得自己有給過他住宅電話。
電話那頭的江本傑沒得到回話，連忙又詳細說明：「這個電話是秀蘭小姐告訴我的。」
「喔。」她的聲音很明顯的比平時高亢一些，她也不想掩飾自己如此明顯的不高興。
這麼說來，自己倒不是江本傑的唯一首選嘛。王秀蘭是怎麼？難不成剛才他們度過一個美麗的台灣之夜？
咦，自己酸溜溜的想法，是因為江本傑已成為我張晴所在乎的男人嗎？
一千個念頭滑過張晴腦海，化為電話裡一句：「這麼晚了，有事嗎？」
江本傑簡直是水泥腦袋直線思考，居然再補強一句：「因為我一

「這分明就是物質主義的水準，享樂主義的悲哀！」姊姊忽然放下碗筷，大叫一句。

其他三個人嚇住，不知該如何接話，低下頭繼續吃飯。

姊姊自己也搖搖頭，苦笑：「對不起，嚇到你們，我……」

她站起身，慢慢的走回房間。

媽媽鼻子眼眶全紅了，用極不甘心的語調輕輕嚷著：「我一個原本冰雪聰明的女兒啊。」

爸爸攪著碗裡的飯，只說：「快吃快吃。」

戴立德深呼一口氣，心想：「我一定要將這個迷路的姊姊救回來。」

隔天他下班後，到台北最大的書店逛逛，想買本談論憂鬱症的書回家研究。一走到心理書區，真是嚇一跳，怎麼？全台灣有多少憂鬱症患者，真需要眼前這滿滿一大櫃子的參考書啊？

他蹲了下來，逐一翻看這些《與憂鬱為伍》、直沒等到妳的電話，所以就邀請秀蘭帶我去見識一下台灣的夜市。」

秀蘭，秀蘭！

一個晚上，他們的情誼已進展到可以直呼名字，毋須冠上姓了。

江本傑繼續遊說著，大意是自己將在台灣停留兩週，再轉飛日本，希望能在未來幾日與她見面敘敘。

張晴直接回答：「可以啊，什麼時候。」

簡直是迫不及待，她眞要唾棄自己了。

約好隔一天張晴下班後，在一家書店碰面。這是張晴的建議，她希望在一個氣質高雅的、更勝夜市的地方與自己在乎的人有個美好開始。

隔日張晴出門前，特地在衣櫃東挑西揀，最終選了套裝，中性裝扮可以提醒自己，別太小女人氣，別像王秀蘭，忙不迭的要投懷送抱。

但是，自己不也如此期待和江本傑相會？這不就是投懷送抱，還愼選衣裝哩。她大嘆一口氣，對著鏡子恨恨的塗上厚厚一圈口紅。

《我如何戰勝憂鬱症》的書。書上的字眼令他焦躁不已。有的說，只要患者勇敢面對憂鬱，對症下藥，終有走出陰霾之日；有的卻將憂鬱症患者描述為一輩子的死囚，將囚在永遠不可知的某個發作點。

他越看越頭疼，最後決定隨便買一本回家瞧瞧。

書店裡浮動著淡淡咖啡香，台灣也學起美國的連鎖書店，兼賣書香與咖啡香。他繞過一架架書，想進旁邊的咖啡吧檯坐一會兒。

經過擠滿人的雜誌區，他禁不住停駐，職業本能的尋找美食雜誌，想看看別人家的作品。

一低頭，竟看見一雙髒兮兮的布鞋，循鞋往上望，沒錯，楊可嫻。

「總編好。」他輕喚。

楊可嫻似乎嚇到，手中的雜誌差點兒掉下。

「你怎麼……」她輕聲想問什麼，卻立刻中途轉彎，改為遞過手中的雜誌，要戴立德看看她手上離約定的時間還有半小時，她先到書店的雜誌區翻翻。平時自己倒也對旅遊雜誌、美食月刊、家庭裝潢這類「小女人」刊物有興趣，閒時還會剪下報紙一方「茶葉蛋祕方」、「泰式沾醬配方」呢。

雜誌區擠滿人，各自躲在聊以舒解的休閒想像中。她挨過一位長髮女子身旁，一眼瞄到她手裡捧讀的是《吃在台北》，瞧她入神模樣，倒像捧著四書五經寒窗苦讀的書生呢。這麼認眞的美食月刊讀者，還眞少見。

她拿起一本《手工書月刊》，研究著如何自製相本。嗯，哪天到專賣手工紙的地方買些質感好的厚紙，做本獨一無二的相簿，送給……

「張晴小姐，妳對手工藝有興趣啊？」江本傑的聲音在身後響起。

她感覺自己的臉紅了，連忙將書放回架上。

江本傑卻一把抓過書，逕自走向櫃檯結帳。

搶著說「不要」顯得太矯情，張晴選擇微笑跟著走。

走出書店，張晴招來計程車，她準備帶他到一家風味頗佳的客家翻開的那一頁。「你看，這個主題做得很有勁道，圖片搭得色味俱全。」

戴立德心想，原來妳這總編不是白幹的，下班後還來進修。

楊可嫻將雜誌放回原位，伸過頭要看戴立德手裡的書。

戴立德一躲，將書抱在懷裡，不讓看。

「算了，你買的是情色書刊也不干我的事。」楊可嫻一激，戴立德馬上端出書來。

楊可嫻看到書名，倒是微微一愣。

回過神來，她立即又恢復為指揮若定的神勇大將軍：「唉，像你這麼老實的人，全台北找不到十個吧。走，我們去喝咖啡。」楊可嫻揪著戴立德袖子走。

咖啡座卻滿滿是人，高談闊論著。他們只好各自結好帳，一起走出書店。

楊可嫻在門外的台階停下問戴立德：「有空嗎？

小館用餐。保證將王秀蘭的夜市比下去。

張晴這念頭已在腦中轉了一日夜。起初，她爲自己的競賽心理感到困惑，何況是將王秀蘭列爲對手。但想要江本傑的念頭卻越來越強烈，竟不自禁武裝起來，打點利器，上戰場般的勇氣百倍哩。

只是，她「要」江本傑做什麼？

她根本沒概念。要他成爲自己的男朋友？一個關心與寵愛自己的男人嗎？

這企圖似乎並不強烈。

那麼，究竟要江本傑做什麼？

這問題太深奧，先與他好好吃頓飯吧。

江本傑果然被餐館的客家情調吸引，指著牆上掛的客家藍染布衣與簑衣、捕魚竹簍問東問西。

她點了自己熱愛的客家小炒、乾煎白鯧、酸菜肉片湯等，一碗豬隔壁那家小店也不錯。」看得出來她是此地常客。

戴立德點點頭，跟在楊可嫻身後。暖黃路燈下的總編，一頭長髮披在雙肩，戴立德忽然發現她的耳上閃著小小晶光，是耳環吧。他從沒想過楊可嫻也有女性注意妝扮細節的一面。

入座後，楊可嫻開門見山的問：「你？還是你老婆？還是你朋友？」

「什麼？」戴立德傻住，這個女人發言的方式還真像打仗。

楊可嫻眉頭一皺：「憂鬱症啊。否則你何必買參考書。」

戴立德微微一笑，不確定想不想說。

「沒關係，不勉強。不過，最好不是你，我可不希望好不容易覓得的千里馬，卻突然有一天說不幹就不幹。」

「妳也太不懂人性管理了吧。」戴立德真想指著她，好好教訓一下。話一出口，卻是軟綿綿的一油拌飯更是把個江本傑吃得直呼：「好吃極了，好吃極了。」

飯後是一杯酸梅湯，她慢慢啜飲，低頭把玩著茶杯墊。一頓飯因爲吃得熱鬧，兩人只圍繞著桌上菜餚交談。現在，得找個新話題，她不擅長。

幸而江本傑不是什麼害羞的「無害小動物」，他是精於追趕的獵人，才喝完最後一口茶，他便伸過手來，握住張晴。

「張晴小姐，謝謝妳這一餐美食。」江本傑的唇上仍泛著點油光，張晴看來卻彷如一種誘惑之色。

句：「我沒有憂鬱症啦，不是我。」

真是！

他猛然想起，從前張晴老愛叫他「無害的小動物」。

楊可嫻不追問了，端起咖啡慢慢啜著。見戴立德不再說話，她也安靜下來。

窗外的流動人影、車影，隔著玻璃，聽不見噪音。此刻，小小咖啡廳裡，有戴立德已經很久沒能享有的寧靜。

他對著楊可嫻羞赧一笑，輕聲說：「讓我請客吧。」

楊可嫻笑了，回他一句：「你還沒領薪水，還是我付帳吧。」

戴立德不敢搶帳單，他不確定與台灣女孩搶帳單是懂事還是鬧事？索性聽話。

走到公車站時，楊可嫻揮揮手：「明天見。」便快步登上停著的公車，揚長而去。

7 地圖女孩

張晴終於下定決心辭退原有工作，改爲自由接案。其實，她也算有遠見，知道這家語言中心不久後，重心一定轉移大陸，屆時應該會撤掉公司裡的翻譯組，直接在大陸找人。她索性先下手，遞上辭呈。最後一日中午下班時，走在街頭，想到隔日起，毋須再爲了準時打卡踩著高跟鞋狂奔，心情輕鬆無比，竟走進園區裡一家多國料理飽食一頓。據說此家餐廳食材好氣氛佳，張晴離開時，似乎瞧見有人拿著專業相機在拍攝，可能是雜誌或報社的專訪吧。

自由接案收入雖不穩定，但有更多時間可運用。至於運用來做什麼？以後再說吧。幾年的標準上下班時間，讓她疲累僵硬，現在她需

7 鯨魚男孩

戴立言看過兩次門診後，有點鬧脾氣，直說不想再去。戴爸爸好言好語相勸：「立言啊，人非鋼鐵，總會生病，有病就得醫啊。」

立言冷冷回答：「那得先確定是我有病。」

戴立德好心疼，他聽得出姊姊的冷，其實是因為怕冷。小時候有一次他們經過公園，一隻好大的野狗對他們狂吠，一副要撲過來的狠樣。他嚇得大哭，姊姊勇敢摟著他，慢慢移動腳步。一走到安全範圍，他才發覺，姊姊全身抖得比他更厲害。

姊姊是不是習慣的總要包裝掩飾她的恐懼？

戴媽媽心軟，直說：「沒關係，立言妳不想就暫時別去。不過要記得吃藥。」

戴爸爸瞪老婆一眼；戴媽媽也回敬一個「不然還能怎樣」的眼神。

要讓自己有多一點時間軟綿綿的賴在床上、沙發上。

在人力銀行的仲介下，她的最新口譯工作來了，擔任台北美食展某廠牌台灣代理商的臨時翻譯。第一天上工時，先與其他口譯者在會場入口處集合，只見人手一瓶礦泉水，她與旁邊一位留著直短髮的女孩相視一笑；口譯全憑一張嘴，隨時補充水分太重要了。

人眞是最饞嘴的動物吧，一連五天的展覽，會場上總是人山人海。張晴一丁點都不得閒，她的雇主連在午餐時間都有會議，她只得在來往會場與餐廳的車上，囫圇吞下三明治。第一天下班時已經晚上九點，她累得甚至開始懷念以往固定打卡的日子。

短髮的女孩名叫司徒艾蒂，非常特殊的名字，張晴後來在幾次會議中與她有過短暫交談，也交換電話，約定工作結束後找一天聚聚。這當中多半是司徒艾蒂主動找張晴聊，自小，張晴一直不夠熱絡，她永遠是團體中的外圍分子；關於這一點，她自己倒也不想改變，太黏戴立德沒說什麼，走到姊姊身邊，揉揉她的雙肩。「姊，我們哪天到小時候的公園抓螳螂好嗎？」

立言終於笑了：「你這個小子，想搞童年溫馨短劇啊？」話說得苛刻，眼神卻柔軟下來了；她一向對這個弟弟百般疼愛。

「那個公園不知還在不在？」戴爸爸實事求是的問。「我明天先和媽媽回去瞧瞧吧。」

戴立言卻搖頭：「不用了，我哪裡都不想去。先買幾本推理小說給我看吧。」

立德馬上攬下此責：「好，我明天就去買。妳要看死幾個人的？」

立言再度大笑：「弟，死幾個不重要；死得一點都不離奇才好。我比較喜歡社會寫實派，推理小說也能讀出人性課題哩。」

戴爸爸連忙附和：「就是說嘛。像謀殺天后克莉絲蒂的小說，就太戲劇化了；不食人間煙火。」

戴媽媽卻反駁：「就是要抽離人間煙火才好看

稠的湯一定燙嘴，這是她的社交座右銘。

幾天後，司徒艾蒂果然打電話約她喝下午茶。一見面，張晴還眞嚇一跳，因爲她還帶了一個大男孩來，一坐定便介紹：「這是我弟，司徒東京。」

見到張晴滿臉狐疑，司徒艾蒂解釋：「我爸媽在東京玩時，懷了他。蠢透了的名字。」

這名字已經夠怪了，更怪的是，兩耳都戴著耳環的司徒東京開口就說：「妳知道嗎？毬果鱗片和貝殼螺線的排序是根據費波納奇序列，排序數字是：11235８……」

張晴聽得一頭霧水。司徒艾蒂卻見怪不怪的只顧研究菜單，問張晴：「這家的蛋糕好吃嗎？」

吃完蛋糕，司徒艾蒂趁她弟弟去上洗手間時，悄聲揭曉：「我弟有自閉症，是眞的病，不是形容詞喔。不過他算輕微啦，可以自理生啊。誰要看尋常百姓家的故事？」

立言接嘴：「媽妳跟立德永遠都是死忠的肥皂派。」

「我哪有？」戴立德嘟嘴抗議，卻也不得不承認，他和媽媽都愛死了超級肥皂劇的「西雅圖夜未眠」與「電子情書」。

此刻，一家彷彿又回到原來喜愛辯個你死我活的往日時光。戴立德真希望每天都這樣。

楊可嫻一早進辦公室，便召開工作會報，開完會，又踩著風火輪般，要戴立德快快備好攝影器材，叫妥計程車，往內湖科學園區出發。

書店的巧遇之後，他們似乎有種默契。在辦公室裡仍然公事公辦，楊可嫻罵起小文編小美編與他這個「新進員工」可從不嘴軟。只是，戴立德倒也沒有什麼好讓楊可嫻刁難之處。怎麼說，他曾待過美國還算中型規模的雜誌社，不是門外漢。楊可嫻幾次對他發脾氣，都只是：「你彩色印表機用得太兇了。」

活。我媽希望我多帶他出來玩玩，試著與人正常溝通。哎，他都二十歲了耶，我大他四歲，算一算，我的人生中只有四歲前是黃金期。他出生後，我簡直成了他的超級奶媽。」

張晴忍不住問：「那他以後怎麼辦？」

司徒艾蒂聳聳肩：「誰知？我媽希望他可以當我的陪嫁。哈哈哈，那是因爲我老媽不知我是個同性戀。」

這杯下午茶也太嗆了吧。張晴心想。

司徒東京回座後，不吭聲，掏出背包裡的紙筆開始繪圖。張晴看見一幅幅精密極了的怪物插畫迅速在紙上成形，瞪大眼睛：「妳弟弟是個美術奇才吧？」

司徒艾蒂仍是見怪不怪的神情：「那又如何？」

張晴是獨生女，覺得自己的成長過程已夠複雜了，很難想像家中有這樣一個兄弟，會爲生活帶來什麼？

戴立德總是笑答：「我知道，我知道，要勤儉持家。」

楊可嫻瞪他一眼，嘴上卻是笑：「看不出你也會搞笑。」

這回的刊頭特輯，是楊可嫻策畫已久的「科技新貴美食大賞」，選定幾家科學園區中人氣最旺的餐廳做專訪。借用戴立德的攝影專業，她有信心將這個主題做得「色香味俱全」。

車上，楊可嫻難得安靜，竟然還面帶淺笑，一派文雅淑女模樣。說來她是個淑女啊，戴立德心想。她只不過是職場上的悍婦。想到悍婦二字，又想到眼前楊可嫻的輕盈淺笑，他恍惚了那麼一下。

從前從前，有個相信地圖的女孩。他曾手繪一張幼稚到極點的地圖，編了個故事送給她。總是在課業上高人一等的聰慧女孩，卻願意接受他的可笑童話。

女孩有時會被他逗得捧腹大笑，多半時間卻是面帶憂傷，只有縫隙般的某些時刻，比如打開那手

「我這名字其實是爲了招弟，結果弟是招來了，卻美中不足。」司徒艾蒂忽然直直望著低頭畫圖的弟弟，喃喃自語著，眼裡卻有一絲絲不忍與溫藹。也許，二十年的超級奶媽生涯，屬於他們姊弟倆的感情是外人難以揣想的。

張晴轉移話題：「妳準備一輩子當口譯嗎？」

「不想耶，我比較想開一家出版社，專門出版我弟弟的畫冊。」司徒艾蒂不像在開玩笑，她的表情很認眞。

張晴微笑起來，若要頒發什麼「手足情深獎」，一定非司徒艾蒂莫屬。「開家出版社很不容易吧？」她覺得司徒艾蒂的夢太不實際。

司徒艾蒂卻搖頭：「比妳想像中容易，只要二十萬，獨資出版就可以了。」她很嚴肅的拉過弟弟的圖，瞇起眼細看著：「難的是如何行銷。」

張晴沉默了。這是她第一次認識才大學畢業兩年的人，便有如此繪地圖觀看的那一刻，她靜雅如一座神祕小島，如眼前也靜好安雅的楊可嫻，帶著一抹淡淡淺笑。

此刻，如水波不興的平靜湖泊，他感到如此舒適而平安。

「喂，我實在憋不住了。」倏然一顆石子砸向湖面，戴立德回過神來，見楊可嫻轉過頭，拉拉他衣袖。「你那天買的憂鬱症書，是給誰看，喔，不，是為誰看？」

戴立德眉頭一緊。

「不想說沒關係啦，我只是隨口問。我這人就是這樣，心裡有事總憋不住，一直想問個清楚。」

戴立德笑了笑，嘿，楊可嫻把他買的書當成「心裡事」。

這麼一想，話匣便開：「其實是為我姊姊。她……」

把來龍去脈說完，正巧也抵達科學園區。下車時，司機竟轉頭丟一句：「帶你姊姊去給觀音菩薩慎重其事的人生計畫。

「妳讓我想起一個同學喔。」張晴開口。「他是我從前認識的人當中，與姊姊感情最好的。他還幫他姊姊取了個外號叫『藍鯨姊姊』哩。」

司徒艾蒂笑瞇了眼：「那我幫司徒東京也取個外號好了，叫『神筆』，因為此筆只應天上有。」

「喂，神筆，我們要回家了。」

司徒東京抬起頭，眼眸不知望向何處，伸出手要與張晴握別，開口說的不是再見，而是「費波納奇序列的排序方式是：每個數字是前兩個數字的和。」

司徒艾蒂拉開神筆的手：「這個張晴早就知道了啦。」

「我才不知道哩。」張晴說。

司徒艾蒂一面往外走，一面解說：「《達文西密碼》不是有寫收收驚啦，很靈。」

一下車，兩人放聲大笑。

戴立德覺得奇怪，若在昨日，或僅僅是今天早上，或僅僅是與他人、而非眼前的楊可嫻，他不可能在闡述完姊姊的病情還能放聲大笑。可是，他居然笑了。更要命的是，他怎麼會將最親愛的姊姊如此不堪的心理病況，輕易說與他人知曉？

當然不會。但楊可嫻一問，他就說了。

這是什麼道理？

楊可嫻站定，回復平時的正經神情：「我回家幫你查相關資料，看看台北哪個醫生最好。」

戴立德心底一陣暖意，臉也紅了，趕快假裝忙著整理攝影器材。

第一家餐廳是綜合多國料理的自助餐，楊可嫻老道的指揮拍照，又迅速訪談老闆，手指快速在手提電腦上敲打。約莫五十多歲的餐廳老闆，似乎被楊可嫻敲鍵盤的飛快十指迷惑，答非所問。楊可嫻

嗎？」

原來，司徒艾蒂平時是以讀原文小說來進修。

「對了，我明天要逛書店，妳要不要一起來？」她們在街道走時，「神筆」不時停下腳步欣賞商店櫥窗，所以她們得走走停停。

張晴搖頭：「我明天有事。」

其實哪有事，她只是想在家看電視，順便等電話。幾天前，江本傑來電說要離開台灣，到機場時會打電話給她。

她等江本傑電話做什麼？希望有進一步邀約嗎？張晴氣自己。自從那一次一起吃飯之後，她陸續接獲江本傑電話，知道更多他與王秀蘭出遊的事。爲什麼要告訴她這些事，簡直無聊加無知！

張晴聽電話時，狠狠咬著嘴唇，很想大聲說：「你與別的女人出去玩，關我啥事。」但一開口，卻是：「嗯，祝你台灣之行愉快。」

江本傑會穿插幾句：「本來我們要邀妳一起，但秀蘭說打妳手機倒也耐性的一再重述，又不斷轉換問題角度，讓老闆能從多方面解析楊可嫻的訪談主題。

戴立德算是見識到楊可嫻的總編輯職位，絕非浪得虛名。

一個大型玻璃水族箱裡，養著數尾龍蝦，老闆得意展示著：「我們的食材保證新鮮。」才說完，傳來一陣音樂，是輕柔的巴莎諾瓦樂曲。

楊可嫻點點頭，跟著輕輕晃呀晃：「這音樂好聽。老闆，你滿懂音樂嘛。」

老闆咧開嘴笑：「我只懂龍蝦不懂歌啦。其實是我們店裡一個歐巴桑，她做的西式甜點很棒，又會準備好聽的音樂。店裡每天放什麼歌，都是她一手包辦哩。」

明明說是歐巴桑，怎麼老闆描述起來像個落魄貴婦人？楊可嫻和戴立德相視一笑。

「對了，你們嚐嚐她做的英式鬆餅，每次一端出來，馬上被搶光。」

沒人接。」或「我們逛完故宮時，有打電話給妳，但妳不在家。」

張晴什麼都沒說，王秀蘭的獵物，她怎麼可能有興趣？

「不對。我有興趣。」張晴甩甩頭，她不相信自己條件比王秀蘭差。

但果眞如此嗎？王秀蘭是書法名家，收入雖也不穩定，但每一幅賣出的字，都是以「萬」爲單位。何況，聽說她還開班授課，有不少學生來自政商名流圈呢。

司徒艾蒂拍拍她的肩：「那我們就再打電話聯絡囉。下次的世貿展覽妳有登記嗎？要記得去登記，是旅遊展。」

張晴點點頭，也拍拍神筆的肩，對他揮手。

司徒艾蒂是個怪人，但卻有某種特質吸引她，是什麼呢？

老闆朝廚房喊：「張太太，麻煩妳拿幾個鬆餅出來。」

果然像個落魄貴婦人，楊可嫻和戴立德又相視抿嘴一笑。張太太看不出年紀，四十或五十歲吧，面容白皙秀氣，年輕時必是位佳人。頭髮鬆鬆挽在腦後，右耳上別了一只玳瑁髮夾。

鬆餅的確可口，楊可嫻吃完，不好意思抹掉桌上餅屑：「真的有五星級水準呢。可以拍拍張太太嗎？」

那落魄貴婦人卻搖頭，輕笑，迅速轉回廚房了。

「張太太害羞，不然拍我好了。」老闆順了順半白稀疏短髮，笑呵呵整裝。

楊可嫻要他坐在水族箱前，擺出自然表情。

戴立德一面調焦距，心思卻有些晃盪。

那位張太太，神態怎麼好似張晴？真的很像很像。又姓張……不會吧，這也太巧了。一定是自己剛才車上想到張晴，思緒一路帶進來。

8 地圖女孩

張晴接到王秀蘭電話時，簡直嚇一跳，因爲對方劈頭就說：「同學，我跟江本傑要合開一家公司，妳想不想加入？」

什麼跟什麼嘛？

「電話裡說不清楚，我們約出來聊一下好了。」王秀蘭嗓門大，張晴聽得刺耳。

「妳就試著在電話裡說清楚好了，我明天開始接了旅遊展口譯，會一連忙好幾天。」張晴緩一緩自己的情緒。

那一句開頭，簡直把她打到外太空去。這麼說來，這對曠男怨女不但談得來、走得近，連未來都規畫好了。只是，扯上一個第三者做

8 鯨魚男孩

楊可嫻果真給了戴立德一張名片。

「這是我的編輯同業給的，聽說很多名人都找過這位醫師。」楊可嫻說這句話時，不帶什麼情緒，倒像在交待戴立德「幫我把這個檔案修一下。」

戴立德十分感激。誰對姊姊好，他可以掏心掏肺奉上。

楊可嫻指指桌上的當期雜誌：「社長說發行人非常喜歡這一期的專題報導。主要是它賣得很好，再刷了兩次喔。」

戴立德不是營業部門，對銷售數字其實不甚關心。楊可嫻彷彿看出他的心思，皺起眉頭：「不要以為這是營業部的事，一本雜誌，全公司的人，包含編輯，應該滿腦子都是：怎樣讓它賣相更好？」

什麼？她實在不懂。

王秀蘭的聲音甜得可以擠出糖蜜：「我跟妳說啊，這江本傑好有市場概念喔。他說現在是媒體時代，什麼都要影像化，所以，模特兒經紀公司絕對有市場。妳想想看，每天都有廣告、網拍、走秀，需要多少模特兒啊？」

張晴實在很難把穿鳳仙裝寫書法的王秀蘭，與扭著腰搔首弄姿的模特兒聯想在一起。

王秀蘭自顧自說下去：「反正江本傑已經擬好全套計畫，我來當現成老闆，是掛名的啦，他沒有台灣國籍嘛。」說到「掛名」二字，王秀蘭竟還呵呵呵笑得好開懷。

張晴一向保守，首先對「掛名」二字就反感：「喂，妳不怕被坑啊？雖是掛名，但卻要負擔所有實際風險喔。」

「不會不會啦。江博士是高級知識分子，他對時尚超級敏銳，全戴立德心想，妳也太滿腦子都是工作了吧。

「這個週末，社長請編輯部吃飯。」楊可嫻大聲宣布。

辦公室一陣驚呼，聽得出來不是感恩的驚呼，而是那種「假日還要加班喔」的痛苦呼聲。

「好啦，我知道你們不想跟老頭子吃飯。這樣好了，我和戴立德為大家犧牲，我們兩個代表，因為社長特別交待戴立德一定要參加，他要當面獎勵。」一口氣說完，楊可嫻便低頭開始打字。

戴立德愣了一下，隨即見到鄰座的小鈴對他做鬼臉，低頭輕聲說：「與老總約會喔。要記得她不喜歡花，比較愛發票。」

「什麼意思啊？」戴立德摸摸鼻子。

小鈴笑著解答：「總編喜歡收集發票，然後拿去便利商店捐給創世基金會。上次她生日，我們偷偷買個蛋糕，結果她吹完蠟燭許願時，鄭重宣布希望大家以後送發票給她，她會幫大家捐出去。」

身都是名牌呢。我什麼都不懂，他還肯讓我入股。」

張晴雖然對王秀蘭沒什麼好感，聽到這裡，卻再也憋不住了，大聲說：「妳現在有沒有空？出來，我們見面再詳談。」

一見面，王秀蘭的熱頭顯然已被張晴澆冷少許，語調平靜多了。

「張晴，我知道妳會笑我，妳會說我熱臉貼冷屁股。」

張晴本來眞想這麼說的，現在卻開不了口了。

王秀蘭攪著杯子裡的水果粒，慢慢說：「妳大概不知道，我媽一共生了七個女兒，我排行第五。我家窮，從小，我就學會這個黑暗世界，必須靠自己劈開出口。」

張晴一愣，她倒從沒想過王秀蘭的成長背景。

王秀蘭像忽然找到神父可以告解般侃侃而談：「妳可知道，我爲了學書法，將青春歲月全用來陪一個老頭子。別的年輕人在烤肉、唱KTV時，我在書法老師家擦地、洗碗。我下的賭注是：獨居在家的書

戴立德忍不住笑出來，這個楊可嫻還真妙！

因為這期的園區美食做得很成功，社長交待總編日後多朝「實用主義」出發，以食材的新鮮與健康取向為主，較能迎合都會上班族的需求。所以楊可嫻已經擬定好下一期是「簡易藥膳」。

「我們採訪幾家藥膳餐廳，再找幾位名廚示範在家可以DIY的簡易藥膳料理。對了，小鈴，妳幫我收集一下近年來都會人較易犯的文明病，我們鎖定幾個病症，要名廚開些預防用的食譜。」

楊可嫻交待完，招手要戴立德過去，指著她的電腦螢幕，說：「你看，我希望下一期的色調走這種風格。」

戴立德本來想藉機會向她致謝，但見她俐落指點這個那個，工作優先，便閉嘴抑制住那句「謝謝」。他想：不知她對別的員工，是否也有如此私人的關懷？

回到家後，爸媽微笑著報告姊姊的一日近況：

法名家，終究需要一位他信得過的傳承弟子。」

「我贏了這一把。書法老師後來帶著我出席所有的交流會，引薦我參加書法學會，幫我拉抬人氣，最後，我高票當選書法學會有史以來最年輕的理事長。」

王秀蘭訴說屬於她的榮耀，眼裡看不出是喜是哀。

「有誰知道，老頭子發起脾氣來有多可怕。有一次，他硬是要我整夜練好一篇字，隔天清早，還得幫他準備早餐。」王秀蘭忽然嘴角一撇。「哼，老頭子身上那股油餿味，我現在想來還覺得噁心。」

張晴接話：「這些事跟妳與江本傑合夥有什麼關係？」

王秀蘭咧嘴一笑：「我對書法已經厭倦了。」她臉色亮起來：「我真的覺得江博士的提議很好。我現在手邊也有點積蓄，這真的是我轉行的良機。」

「可是妳對模特兒經紀公司是外行啊。」

「今天姊姊很乖喔，有按時吃藥，還到公園散步。喔，她還接了一本法文童書的翻譯案子，實在是太好了。」

爸媽的神情如此歡愉，簡直像是姊姊榮獲諾貝爾獎似的。如今，只要姊姊表現正常，全家都比得大獎還要開心吧。這個家，一向慣於由姊姊來持家的。

戴立德走進姊姊房裡，她的手提電腦開著，螢幕上打了幾行中文字。

戴立言揚揚手裡的法文童書，笑著對他說：「自從《小王子》之後，這是我第一次接觸的法文童書，寫得挺有趣的。」

戴立德心裡很高興，他湊近電腦，唸出上面的句子：「一個下雨的早晨，我百無聊賴的窩在窗邊看雨。雨很吵，像是每一滴雨都對這個世界有所不滿……」

戴立言問：「你覺得這樣翻譯，會不會太咬文

「所以需要有我信任的朋友一起加入啊，江博士也覺得妳是不錯的合夥人。」王秀蘭簡直瘋了，竟然接著問：「一個人出資三百萬，可以嗎？江本傑說他可以出多一點，四百萬。一千萬元籌齊，我們的公司便可以開張。」

「我比妳更不懂這一行，也不想懂。我現在的口譯工作很實在，不想陪你們玩喔。」張晴語氣裡全是「對牛彈琴」的無奈，只想快快結束這場會面。

「那好吧，我再試著找別人。」王秀蘭搖搖頭，眼睛暗淡下來。

不會有別人了啦，王秀蘭，妳的名字是笨蛋！

張晴很想在王秀蘭耳邊大聲喊。

「小心啊，搞不好江本傑是個海外詐騙集團首腦哩。」話才一說出口，張晴就覺得不妙。她看見王秀蘭緊閉著嘴，臉上浮起恨意。

張晴沉默下來，拿起椅子上的背包，悄聲走出茶館。

嚼字啊？」

「不會啊。誰規定童書就要用很幼稚的詞彙。而且這本書字這麼多，應該是給較高年級看的。」戴立德翻翻那本書，對著不懂的法文咧咧嘴。

姊姊忽然問他：「弟，你近日有沒有與姊夫通信？」

「有啊，昨晚有。他最近又接了一個新的研究。」戴立德習慣兩三天就寫一封E-mail給姊夫，姊夫也一定回信報告近況，順便詢問戴立言的狀況。

其實戴立德很希望姊姊自己跟姊夫恢復溝通，但姊姊一直不肯。這一點讓媽媽有點不滿，直說：「不過就是打打字嘛，現在電子信那麼方便。」

戴立德知道媽媽心底最深沉的擔憂，天下之大，再也找不到像姊夫這麼疼惜與包容姊姊的了，全家都害怕失去他。

姊姊心裡在想什麼，沒人知道。戴立德覺得也許她需要多一點時間，從往日的尷尬中一點一點恢陽光下的街道，車潮與人潮雜亂無章，像張晴此刻的心。王秀蘭的恨意，讓她心情壞透了。原來，江本傑是個騙財的！

如果不是呢？說不定江本傑眞有他的生意經。張晴眞希望這輩子不曾認識這兩個人。明明可以與自己毫不相干，卻讓自己心情如此跌宕。就在昨天，她還等著江本傑電話呢。

「張晴傻蛋，千萬別讓國中時的郭品仲事件重演。」她咬著牙，腳下的高跟鞋一步步用力敲打著人行道磁磚。

那時，她也是傻傻的對著一個夢中偶像，投擲出自己熾熱的心，然後親眼見對方嘲諷的將它踩在腳底。那時，她是個天字第一號笨蛋，寫一封剖心掏肺的情書，偷偷塞進手球隊隊長郭品仲抽屜裡，以爲織造一個綺麗無比的愛情大夢……

郭品仲卻讓這封承載少女純情的信，大方對眾同學們展示，還有個可惡的男生大聲宣讀著。

復。姊姊是多麼自傲的人，她一定無法忍受自己的不堪。

他希望在新一期的藥膳報導中，有為憂鬱症開的藥方。

週末的公司高層聚餐，沒有他想像中嚴肅。五十多歲的社長是出版界資深前輩，滿幽默的，妙語如珠，解除戴立德的不自在。加上身邊的楊可嫻不時加油添醋，也是出口即笑話，讓這場餐會氣氛十分輕鬆。戴立德對楊可嫻又有另一番新評價，他沒料到她可以既嚴肅又好玩。

「戴立德，總編很欣賞你。你的攝影角度很有風格，請多多為雜誌努力，我們打算報名今年的金鼎獎喔。」社長忽然拋出一句話。

戴立德只好笑一笑：「我只會拍照。」

「一個團體裡，人人都把他擅長的工作完成，那就完美啦。」社長舉起酒杯，小飲一口。

楊可嫻必是喝了太多酒，竟然接一句：「那社那一天，張晴死掉一點點。

那一天，她曾死命敲打自己的頭：永遠不許讓這樣的事再發生。幾乎是滅頂的心痛時刻，是老戴送來救生圈。

她想起老戴，腳步開始輕穩一些。唉，只有這個無害的小動物，不需對他設防，他是那麼虔誠的允諾：「我永遠會第一個想起妳。」

她覺得自己或許才是個鯨魚女孩，泅泳在自己的海域，厭惡擁擠人潮，不相信陸地有什麼青草香與鳥語。她已經很多年不再收集地圖了，那只是一張狹隘的地域記載，比起大海，她其實更無法忍受陸地的一切。在陸地上，妳必須與人群往來，包括一對即將上演老套騙色騙財戲碼的男女。

但是，她卻又有那麼一絲絲不忍。

不是王秀蘭的窮困家境，也不是當年她看著王秀蘭常被老師處罰的往事，更不是那位書法名家身上的不堪油餿味。她的一絲絲不忍，長大人，你擅長什麼？」

戴立德嚇一跳，望著楊可嫻，很為她擔心。

沒想到社長不但沒翻臉，居然轉過身敲敲楊可嫻的頭：「楊總編，妳發言不慎，有小伙子為你牽腸掛肚哩。」

全桌都是老頭子老媽子，齊聲哄然大笑，這些高層，竟吃起兩個年輕人的豆腐，尋他們開心。

社長再接再勵，又補一句：「我最擅長察言觀色。我現在觀察到有個小伙子，正以百分之百關愛的眼神，深情看著咱們的楊總編。」

戴立德臉紅到脖子，他想大喊：「我沒有。」又覺得太幼稚。不，是這些老人太幼稚。人一老，反而喜歡玩小孩的遊戲嗎？還特別喜愛配對遊戲。

楊可嫻卻把頭一抬，高聲宣布：「是啊，終於有人肯關愛我了。」

戴立德更難為情了，他傻乎乎笑了笑，不知如何是好。

是王秀蘭的恨意。何苦呢?妳想要江本傑,不是得到了嗎?妳恨我什麼?是恨我不需要營造這一切,便能得到美麗人生吧。

而其實,我的人生並不如王秀蘭美麗。

張晴在公車站呆望著天空,想到媽媽,眼淚就要掉下來了。但是她知道她會忍住。經過這麼多年,她早就忍住了。

王秀蘭回到她的高級套房,第一眼先看電話答錄機,發現上面沒有任何留言,心情隨之下沉。

她又說謊了。她說服自己,爲了生存,偶而說謊也無妨。

剛才對張晴的那一番話,絕對能讓張晴對江本傑死心。她覺得江本傑的眞正興趣應該是張晴,但是她發揮本能的以各種謊言修改這一切。

江本傑沒有邀她開什麼經紀公司,她也不知道自己哪來的靈感,胡謅出這套劇本。看到張晴瞪大雙眼、一臉嫌惡的表情,她眞想大笑甜點吃完後，總算結束這次聚餐。走至門外，社長一把摟住戴立德，在他耳邊說：「楊可嫻是個好孩子，真的。在我看來，有資格追她的男生沒幾個。」

戴立德笑也不是，不笑也不是，只得點點頭：「我知道，我知道。」

社長根本不管他接了什麼話，只管往下說：「她二十歲就成了孤兒，此後父兼母職照顧她自己與妹妹。了不起吧。」

「啊？」這真是戴立德想都沒想過的。他不知道楊可嫻的出身背景，聽來真像小說或連續劇才有的劇情。

社長一定要戴立德陪楊可嫻搭計程車回家，還說車資可以報公帳。一進車內，楊可嫻便轉頭說：「社長對你說的都是真的，不必問，我不想多說。」

戴立德什麼也沒說。

出聲。這下子，張晴一定把江本傑視爲十惡不赦的詐騙分子了。以她對張晴的了解，一向驕傲的張晴，決不會主動打電話給江本傑。這個謊言，能阻斷日後張晴與江本傑之間任何的聯結可能。

王秀蘭再望一眼亮著「0」的答錄機，嘆了一口氣。江本傑還是沒有打電話給她。她一面卸妝，一面冷冷對自己說：「沒關係，晚一點我會打給他。」

現在江本傑應該已經到東京了，她早已查出他下榻旅館的電話。

自從那個書法名家老頭過世，她以靈活的交際手腕與之前老先生的人脈，穩住自己的書法地位。她倒是眞有幾分書法天分，上天畢竟留給她一條生路。

七個姊妹中，她是第一個離家獨立的。離開家以後，她便很少回去。那個小村落，不是她的落腳處，她的未來在江本傑身上。

王秀蘭已擬定全套計畫，一旦與江本傑結婚，她會在美國華人圈兩人望著窗外，遠處的橋，流麗燈光在夜色中舞著，他們各自擁著心事盯著那些光點看。車一轉彎，出現摩天輪的美麗光環，司機先生彷彿感受到車裡的沉悶，竟然開口說：「你們看，好漂亮。」

簡單的一句話，讓他們兩人都笑開了。

楊可嫻又恢復她一向的幹練模樣：「我住的地方，離摩天輪很近。過年時可以聽到那裡施放煙火的炮聲呢。」

戴立德第一次離楊可嫻的私生活如此近。他偷偷看著她的提包，不是名牌。她腳下那一雙髒兮兮的鞋，更是突兀。可是，他卻覺得如此渴望接近她，了解她，想知道屬於她的故事。

隔天他到公司打開電腦，居然收到楊可嫻寄來的E-mail，老實說，這真不是她的作風耶。楊可嫻一向公私分明，在辦公室很少談私事。

信寫得言簡意賅，主要是解釋：不必把她與「孤雛淚」這類可憐戲碼畫上等號。父母車禍過

打出名堂。書法這東方情調，在西方更吃得開。

她對著鏡子裡略顯浮腫的臉，得意的笑了。

旅遊展人潮不輸美食展。司徒艾蒂擠過攤子，走到張晴身邊，遞給她一個三明治與一杯茶。

「哇，薄荷茶，妳眞是我的天使。」張晴猛喝一口，差點嗆到。

司徒艾蒂一面大嚼三明治，一面擠過桌子：「我只有半小時休息，想跟妳商量一件事。」

張晴揉揉小腿，說：「我也只有半小時，快說。」

「我昨天在網路上看到有出版社在徵翻譯。妳覺得好不好？」

張晴搖頭：「當然不好。翻譯的錢比口譯少妳是知道的，而且聽說有時還拿不到錢，白做工哩。」

司徒艾蒂也揉著手臂：「可是，我弟弟好像越來越黏我；不對，好像是我越來越離不開他，整天沒看到他，心很煩。」她又狼吞下一世，雖然讓她與妹妹很傷痛，但雙親留下的遺產與保險理賠，加上爺爺奶奶的照料，生活過得其實無慮。之後的成長過程，除了沒有雙親，其他無缺。

戴立德不知該如何回信，或是根本不必回信。他只覺得，每一段生命歷程，沒有親愛的父母作陪，怎算無缺？就連他的爸媽，把很多時間花在他們自己身上，但重要時刻，比如畢業典禮、大學該填什麼科系，第一次找工作，父母仍然是那一起歡笑、一起煩惱的人。這些時刻，楊可嫻都一個人獨自面對。

中午休息時間，他邀楊可嫻一起到隔壁星巴克坐坐。才坐定，楊可嫻便開口：「當年我失去爸媽時，竟然只有哭一天耶。你說怪不怪？」

戴立德不知該如何接話。

楊可嫻又說：「我記得第三天保險公司的兩位阿姨來，和爺爺討論理賠金，我還逐條逐字的研究著保險單哩。我甚至記得那位較年輕阿姨的頭髮口三明治。「本來有我媽媽在家陪他，可是最近我媽也住院，爸爸要陪媽媽。今天他一個人在家。我大概每五分鐘就打一次電話。如果可以在家翻譯，我就安心多了。」

張晴皺眉：「妳確定是妳弟弟有病，還是妳啊？」

「我知道啦。唉呀，從小養成的習慣嘛，人家是久病成良醫，我是久醫成病號。」司徒艾蒂擺出十分嚴肅的表情：「妳回家收信，我有把那家出版社的網址寄給妳。他們有代理英國、法國和義大利的童書，現在急需英譯。」

張晴答應回家幫司徒艾蒂看個仔細。

她無奈望了望周遭擠得水洩不通的會場，人聲與喇叭聲吵得耳朵隱隱作痛。此刻，她開始也覺得在家譯譯書應該比較舒服。她真期待快快結束啊。

拖著酸累發麻的雙腳回家，才一進門，便先接到大姑電話。大姑上，別了個好漂亮的髮夾。」

戴立德在腦子裡尋找有關安慰的辭彙。想了半天，開口卻是：「那後來賠多少？」

「我忘了，反正都是爺爺處理。倒是我後來一直在瘋狂打工，搞得奶奶開罵：我們家根本不缺錢啊。但是，我總覺得不夠，有種莫名的恐懼。我妹妹就完全相反，她常跟我伸手要錢買化妝品。」

「妳有妹妹？」戴立德總算找到一句正常的問句。

楊可嫻滿眼都是笑，看得出來她一定將妹妹捧在掌心：「可夢現在大二，考上化妝品應用系。我將來會讓她當上美容雜誌的編輯。不過，我承認有點太寵她了。她很漂亮喔。」

戴立德很想說，妳也很漂亮啊。但這句話太老套，他說不出口。

「如果有什麼『手足情深獎』，一定非妳莫屬。妳連工作都幫她想好了。」戴立德喝下一大口簡單一句話，卻讓她如被電擊般嚇呆。

「晴晴，妳媽媽回家了。」

冰咖啡，再補上一句：「不過，妳只能得第二名；因為第一名是我姊姊。」

楊可嫻什麼也沒說，瞇起眼望了戴立德一眼，淺淺一笑。

戴立德輕嘆一口氣：「我真希望她的憂鬱症趕快好。」

楊可嫻好像要說什麼，卻又闔上嘴，一口吸光手裡那杯果汁。

9 地圖女孩

張晴叫了計程車，十萬火急趕回爸爸家。離她租屋處大約要四十分鐘車程，她趁這個時間試著讓自己沉住氣。

但是當然做不到。她朝思暮想這一刻已有十年，自從媽媽不告而別，她覺得有一部分的自己也被帶走了；這十年中，她沒有一秒鐘完整過。就算在歡樂中，想起媽媽，仍像有一條鋼絲齊齊切過，她的歡樂立時斷裂爲碎片。媽媽，妳總算回來了。

付完車資，打開車門，她絆了腳，差點兒摔跤。平價商店仍在營業，大姑冷冷坐在櫃檯。見她進門，朝後方爸爸的房間點點頭，表示爸媽正在那裡。

9 鯨魚男孩

戴立德很希望公私分明，一下班便將雜誌社的工作拋到腦後，把完全的自由留給自己與姊姊。他有太多對姊姊的計畫等著進行。比如，他一直想帶姊姊回小時候住的地方，那個他們一起抓螳螂的小公園，應該還在吧。他有個信念：姊姊只要恢復從前那個「什麼都懂，什麼都不怕」的心態，便能拾回自信與自尊。雖然他隱約覺得這個信念，充其量只是個模糊抽象的想法，但有想法，總比完全不知所措好。

只可惜楊可嫻是個工作狂，明明已經是下班時間，她卻還在電腦前打字。編輯部的人陸續離開，她還能一個不差的一一道別：「小鈴，騎機車要小心。」或是「樹志，晚餐不要再吃陽春麵。」她簡直當自己是公司的警衛。

是談判，還是敘舊？是懺悔，還是了斷？

張晴心頭揪得好緊，完全不知道開口第一句話要說什麼。

「妳媽媽啊……」大姑說話了，語氣倒是很平靜；這麼多年過去，大姑是否也對媽媽釋懷了？或是，她根本已將媽媽視為不相干的外人，無須在外人身上浪費她的情緒？

大姑緩緩做了實況簡報：「今天早上，我們店才開沒多久，妳媽媽就走進來。她一看到我，簡直像見到鬼。她大概是向老家鄰居打聽到這裡的吧。」

「媽媽……媽媽有說什麼嗎？」已多少年沒有喊過「媽媽」二字了。張晴開口問時，明顯聽出自己音調裡隱隱的哭腔。

「我沒有問啦。畢竟，她是妳爸爸的老婆。」大姑繞個大彎如此描述媽媽。

張晴知道十年前，媽媽帶給這個家的傷害，其實是大的。

自從戴立德知道楊可嫻的成長背景，看待她的眼光自是不同。以前他只把她視為離開雜誌就無法存活的編輯狂，現在他彷彿察覺：雜誌便是她的父、她的母，她在自己一手掌控的職場裡，就像在被呵護著的家裡。是啊，當她真的回到家，又有什麼呢？據她說，妹妹可夢住在校舍，爺爺奶奶也已過世。她的家，真的只有她與她的影子。

戴立德有些不忍留她一個人守著空盪盪的辦公室。他常故意留些小案子，在辦公室另一端敲打鍵盤，假裝忙著。直到楊可嫻抬起頭，喊他：「忙完了嗎？我要走了喔。」他才關機。有意無意間，他們似乎已有默契，約好在下班時，共享一段無人知曉的兩人小世界。

這天他倒是中午便提早收拾東西，下午已請好假了。他瞥見楊可嫻似乎偷偷朝他座位望。戴立德憋不住，走到楊可嫻桌前，悄聲說：「我下午要陪姊姊去門診。」

大姑走到冰箱前，取出一瓶綠茶遞給張晴：「先喝點水吧。讓他們談清楚。」

她們回到櫃檯後坐下。

張晴心想，何不關門暫停營業一日呢？不過，大姑是不會這麼做的。

彷彿過了好幾個冰河時期，房間門才打開。

媽媽先走出來。

張晴曾經在腦海裡揣想過千萬種媽媽的形象，但決不是眼前這一種。眼前的媽媽，標準上班族鐵灰色套裝，頭髮梳得光亮，腳上是粗跟的高跟鞋。如果要張晴猜，她會說，媽媽是銀行經理。

媽媽有點手足無措的看著張晴，然後想起什麼似的，走過來，順了順張晴鬢邊微亂的頭髮。張晴一觸到媽媽手，眼淚便掉下來了。

爸爸跟著走過來，一派輕鬆的說：「傻妞在哭什麼啊。」

媽媽回過頭，輕聲對爸爸說：「我帶晴晴出去一下，好嗎？我有沒想到楊可嫻竟扶了扶眼鏡，也悄聲說：「我可以一起去嗎？」

戴立德有點嚇到，不知如何作答。楊可嫻也尷尬了，笑著低下頭：「我亂講的啦。別理我，你趕快回家。」

戴立德轉身推開辦公室的門，走向捷運站，心卻跳得好急好響。楊可嫻好像對自己有不一樣的情感，是嗎？

他忽然害怕起來。

「我保證永遠第一個想起妳。」這是十年前，他曾給過的一句誓言。這句允諾，一直都在。放在他心底某個角落的張晴，有著最美麗也最哀愁的臉。他害怕有一天，這個誓言瓦解，他背叛張晴，也背叛年少時純潔的感情。

可是，此刻他竟然覺得，如果有楊可嫻作陪也不錯。她跟以前的姊姊好像，兩個人身上有太多相同的特質。如果她們認識，也許有好多話可以聊。

很多話要跟她說。」

爸爸忙不迭點著頭：「去啊去啊，妳們那麼久沒見面。」說得像是他自己這些年來，無所謂似的。他托著張晴的背往外推，還對媽媽說：「妳有沒有記得我剛才說的話？我是很正經的喔。」

爸爸的語氣，簡直是在談公事哩。

她們一出門，媽媽便招來計程車：「我們到大安森林公園走走。我的辦公室離那裡很近，我常在午休時去那兒閒逛。」

這麼說來，媽媽眞的是上班族。

在車上，有外人在，她們什麼都沒說。媽媽緊緊拉著張晴的手，偶而轉過頭看看女兒，眼裡有一種貪渴。像是想一口將女兒吞下，不再讓她離開。

但是，當年明明是妳狠心離開這個家的啊。張晴心裡不無一點怨恨。

走在公園小徑，有幾片早凋落葉飄下，她們踩在磚石上，敲出一或許，他真可以安排兩個人認識。戴立德決定找個適當時機試試。

回到家，姊姊已穿好外出服坐在客廳等。他吃過午餐，便扶著姊姊下樓。等姊姊坐進車內，他調好後視鏡，準備開向楊可嫻推薦的那家醫師診所。先前爸爸已帶姊姊去過幾次，媽媽覺得效果不錯，近來姊姊沒發過什麼脾氣。

車一啓動，姊姊忽然悠悠說：「弟，我們到大安森林公園好嗎？」

「可是，妳的藥已經吃完了。」

戴立言轉過頭，晶亮的眼睛不像在看戴立德，倒像是望進空氣裡的什麼虛幻東西。她嘆口氣：「打電話去取消。」

戴立德沒多想，習慣性的遵照姊姊口令動作。

取消門診時間後，戴立言才露出笑容：「大安森林公園的樹已經長得茂密，我們去散散步。」

他們沿著公園小徑緩緩走著，陽光不太強，若記記聲響，都等著對方先開口。

媽媽終於停住，拉著張晴坐在椅子上。

「唉，我很難開口。不過，我還是決定對妳老實說。」媽媽像是下了很大很大的決心，從齒間吐出這一句。

「晴晴，我不是費盡千辛萬苦來找你們，也不是帶著什麼贖罪的心來請求原諒。坦白說，我是到店裡拉保險的。」

聽完這一句話，張晴終於知道為什麼有人寫小說時，愛用「晴天霹靂」來形容心緒的震撼了。

儘管她對媽媽並沒有太苛刻的責難，仍然承受不住這樣的眞相。

「世界那麼大，妳為什麼偏偏要向爸爸拉保險？很離譜耶。」張晴雖然嘴裡怪媽媽，不知怎的，卻又覺得有些荒謬，荒謬到她甚至想笑。

媽媽倒眞的笑了，是莫可奈何的苦笑：「我眞的沒料到一走進店裡，會看見大姑。」

有似無的風拂過戴立言髮梢，有幾根髮絲纏在她的眼鏡框上。

戴立言一面整理頭髮，一面問：「我前兩天看你在房間，直盯著那一疊明信片看。你又在想那個『地圖女孩』張晴了吧？」

戴立德從前習慣於與姊姊分享他的一切，包含他喜歡張晴、張晴喜歡地圖，生命中的點滴，他總鉅細靡遺向姊姊報告。姊姊知道他出國時，會寄明信片回家，收信人寫的卻是張晴。那一疊明信片，是他的情感海洋停泊點。他會在夜深時，一張張翻著，盯著「張晴」兩個字，彷彿這樣，便是看著張晴本人。

「我們現在已經在台灣，你可以去找她啊。」姊姊難得好興致的追問著。

戴立德聳聳肩：「我是試過。但是她好像搬家了，我又不好意思問鄰居，況且鄰居大概也不會隨便告訴我這個陌生人吧。」

媽媽很鎮定，繼續平靜的說：「我今天本來是在對面的乾洗店，幫老闆娘辦理壽險。一出門，也不知道爲什麼，看到妳家招牌，竟然想試試多做一筆生意。這是天意吧。」

張晴也跟著苦笑起來。這眞的像連續劇的戲碼啊。

但是她注意到媽媽說的是「妳家招牌」。

「我長話短說吧。剛才妳爸爸逼我報告這十年來的狀況，我說得口都渴了。保險這一行，也是全憑一張嘴哩。」媽媽攏攏收在腦後的髻，語氣裡聽出來有些疲累。

「這些年，我做過的事可多了。在小吃攤幫忙洗碗，唱片行當收銀員。最後因緣際會進入保險這一行，做得還算順利。我現在已經是課長了唷。」媽媽從提包中拿出一張名片，遞給張晴；張晴覺得好訝異，她很難把眼前幹練的職業婦女，與幫她綁辮子，還幫她在耳後別上漂亮髮夾的媽媽視爲同一人。

走到一把椅子前，姊姊拉著他坐下。

「對了，你試過網路搜尋嗎？」

戴立德不好意思的笑了笑：「早就試過了。但是只有找到大陸女歌手與作家，都不是她。研究所放榜名單也有，但從何找起呢？」

戴立言抬頭望著天空，小廣場上有孩子在放風箏。此刻，世界如此祥和平安，戴立德真希望姊姊與自己永遠能這麼單純、平靜。

「姊，其實我有新的煩惱。」

戴立言聽到這句話，眼神一亮，轉過頭認真看著戴立德。

從小，戴立德早被制約成「任何疑難雜症找姊姊就對了」，自從姊姊生病後，他便一直覺得自己好像也病了；現在想起來，除了為姊姊苦惱，也為自己失去人生方針而倍覺慌亂吧。

也許是此刻太美好，他們像又走回童年時光，戴立德忍不住開口道出近來的心事：「妳知道我公媽媽又說：「妳爸爸剛才已經告訴我，妳現在是口譯員。收入還好嗎？」

張晴點點頭，回答：「還可以啦。付完房租、生活費，養自己沒問題。」

媽媽忽然抬起手，看看手錶：「糟糕，我得到另一位客戶家。」

張晴立刻站起身。

「晴晴，我們一起吃晚飯好嗎？」媽媽一邊撥手機號碼，一邊往出口走。想了想，她忽然又停住：「妳現在有事嗎？還是妳要跟我到客戶家。我們還可以在路上聊。」

張晴仍然覺得自己像在夢境，搞不清該勸自己醒過來，還是繼續沉醉在與媽媽走在一起的幸福裡。

「可以嗎？我與客戶約的時間快到了。」媽媽望著張晴，眼裡彷彿有一絲懇求。

司的那個總編輯楊可嫻。」

戴立言點點頭。

戴立德繼續說：「她今天居然說，想跟我一起陪妳去看醫生。這樣很怪對不對？」面對姊姊，他可以毫不顧忌說出心中的真實感受，毋須靦腆。

「這樣一點也不怪。這樣很好啊。」戴立言的語調難得輕鬆，一下子像是又恢復成那個大藍鯨姊姊。

「我認為啊，那是她對你有意思。」戴立言敲敲弟弟的頭。「這一點，你絕對感受得到。所以，重點是：接下來，你怎麼辦，對不對？你怕對不起心中的地圖女孩。」

戴立言劈里啪啦一口氣說完，呼吸都有點兒喘了。

「姊，妳很神耶。我才露出那麼點葉尖，妳便把整棵樹都拔出來了。」明明是要傾訴苦惱，戴立德卻說著說著，卻感到快樂無比。

張晴笑了。有何不可呢？

一整個下午，她跟著媽媽拜訪客戶，看媽媽俐落的分析各類保險項目。她迷戀的盯著媽媽瞧，聽媽媽向客戶介紹：「這是我女兒」時，心裡如千軍萬馬般澎湃。

離開客戶家，她們又回到媽媽的辦公室。步出電梯時，媽媽要她先在座位上等著，她要先到樓下辦理一些手續。

辦公室有一大片窗，窗外可以看見大安森林公園的綠樹與草地。媽媽的座位在窗邊，張晴坐下來，桌上擺著一堆卷宗，有些凌亂。她只好看著窗外，公園的小廣場上，有孩子在放風箏。小巧的風箏在晴空下翻飛著，像她此刻的心。

辦公室有些冷清，只有兩三個人正低頭忙著。張晴再仔細看著媽媽的辦公桌，把桌上的卷宗移開，她赫然看到玻璃墊下，是一張她小學時綁辮子的相片。

是姊姊的輕鬆感染了他。他覺得姊姊好像打了一針，生命力復甦了大半。

難道，是自己的「對姊姊有所求」，讓姊姊又活過來？

戴立言像是看穿戴立德在想什麼，馬上開口下達指令：「我啊，乾脆把什麼憂鬱症先擺一邊吧。有個蠢蛋弟弟，我哪有空生病？」

戴立德笑了：「哇，姊姊，妳的功成名就，原來是建立在我的蠢笨上。」

「到現在你才知道啊。自我懂事以來，便被下了一道符咒：弟弟尚未成功，姊姊仍需努力。」

戴立言皺了皺眉頭，接著說：「弟啊，你應該先帶楊可嫻來給我認識吧。」

戴立德立刻點頭。他真高興，恨不得立時開車載姊姊到辦公室。此時，楊可嫻一定還在電腦前審稿子。那個工作狂！

有那麼一瞬間，姊姊好像還要開口說什麼，但一時間，張晴再也忍不住，大顆眼淚啪嗒啪嗒往下掉。她怕被遠處正在忙碌的媽媽同事看見，死命閉緊嘴，慌忙從提袋中找面紙。

所以，她仍然是媽媽心頭的一塊肉吧。這張相片，彷彿將媽媽離開的這十年，那空間與時間的缺塊，瞬間黏接住了。媽媽，我知道妳的離去，一定是必須。對妳而言，這世上，也許有比犧牲掉陪我十年更重要的生命意義。

是終究沒有。

在歡愉中，仍有一絲絲感傷游過戴立德心頭：「我哪日可以找到張晴？如果楊可嫻跟張晴一樣好，我該做何選擇？」

10 地圖女孩

張晴與媽媽走進一家義大利餐廳，準備好好享用一餐。經過這一下午跟班，張晴能感受到媽媽的職場幹勁。看來，媽媽過得還不錯。

「我現在是過得不錯，但是前幾年我可是什麼苦頭都嘗過哩。」在看菜單時，彷彿能洞悉張晴的疑惑，媽媽自己先開啓這話題。

張晴最想知道的是，當年，媽媽不是跟著一個木工師傅私奔嗎？至少大姑是這麼說的。那麼，媽媽快樂嗎？那個讓她快樂的男人在哪裡？

張晴卻不敢開口問。

有些事，還是別拆穿。每個人的日子，都有陽光照耀，也有烏雲籠罩。那烏雲下的陰霾故事，等媽媽想說再說吧。

10 鯨魚男孩

戴立德鼓起勇氣，約楊可嫻在週六晚上，與姊姊在一家義大利餐廳見面。

姊姊已經很久沒到過公共場所，為了找適合的服裝，下午起便與戴媽媽在房間討論半天。期間竟還爆出幾聲戴媽媽的大笑。戴爸爸聽見老婆的笑聲，忍不住湊近房門口，也大聲嚷著：「老太婆，不是妳要去相親，可別弄錯啊。」

戴媽媽拉開一道門縫，探出半個頭：「這笑話還真是老套。少廢話吧你，快去幫戴立言擦亮皮鞋。」

戴立德在房間，聽到客廳的笑聲，眼眶有些泛紅。神啊，請讓我們家永保這樣的笑聲吧。

他拉開抽屜，取出那一疊明信片。

十年來，每一張都是以十足的思念寫就。然

「我記得剛進保險這一行時，有回跟著當時的課長，處理一對夫妻車禍身亡的理賠案例。我們到客戶家時，看見一對好漂亮的姊妹，好像是二十歲與十一歲吧，那時，我想到妳，眼淚跟著簌簌的掉。課長還以為我感情特別豐富呢。」

說這些話時，媽媽竟然冷冷的，沒有特別的情緒起伏。

張晴不知該如何回應，低頭研究菜單。

「這家餐廳的菜很道地，我看過一本美食雜誌推薦過。」媽媽招來服務生，開始點菜。

等服務生走開，張晴鼓起勇氣開口：「媽，爸爸早上跟妳說了什麼？」

「還會有什麼？他希望我回家。」

媽媽的語調也太平靜了吧。張晴想起爸爸雕著那些木頭小玩意的傻勁，覺得有些恨媽媽。

而，它就只能活在我的抽屜裡了吧。張晴，我永遠第一個想起妳，但也只能這樣的想起妳。

在他最單純無憂的年少時代，生命為他端上的第一道感傷，就是張晴。此後，他跨進苦樂參半的真實世界。當年那個熱愛鯨魚的自己，在嘗過一道道生命苦果與甜點後，才察覺自己並非鯨魚。遼闊自由的大海，不是他的人生背景。也許，他才是地圖男孩，只想要一張印刷清楚的生命街道索引。

就像現在這樣，他要將楊可嫻介紹給姊姊了；姊姊在幫助他的過程中，又拾回從前的堅強與篤定了；他決定如果楊可嫻願意，他會在每一晚等她下班，驅車載她回家。回她家的路上，可以看見遠處摩天輪的圓環，璀璨流麗的燈光，像準備給他們一個再圓滿不過的啟示。

就像現在這樣吧。他將明信片收回抽屜。輕輕關上。

他是一張印刷清楚的地圖，不再迷路。

「今天我很累，好好吃一餐吧，等下次見面，我再一一告訴妳。說實在，我也需要時間調整我的情緒。」媽媽揉揉脖子。

也就是說，過了今天，媽媽仍然是一個不會回家的女人。她將回到自己買來的套房裡，過著一個人的生活。

張晴沒有胃口。這一餐，她食之無味。

回到家以後，她煩躁極了，近來苦惱事特別多，她有點喘不過氣來。

她為自己泡了杯薄荷茶，望一眼身邊的電話，想了想，還是暫時先別打給爸爸。媽媽出現得太突然，大家都需要時間緩一緩激動。

她翻了翻電話旁那一疊CD，想找一片聽聽，或許此刻適合聽巴莎諾瓦。翻著翻著，卻看到最後面的那片CD。

她將沾滿塵埃的CD外盒拿在手上，抽了張面紙擦拭。這片CD，一直是她心情不好時的安慰劑。

十年前那個最懂她，也最讓她信賴的老戴，在出國前，送給她的「大楊可嫺比他們早到，身邊坐著一個女孩。看見戴立德，楊可嫺立刻起身走來，攙扶戴立言，像是與戴立言熟稔的老友。

都坐定後，戴立言倒是先開口：「這是妳妹妹吧，好像陶瓷娃娃喔。」

楊可夢才大二，眼睛靈活的朝戴立德直打量，一頭長髮披在肩後，的確像個可愛的洋娃娃。

「我妹妹平時住校，假日才回家。她是化妝品系的，很有前途吧，因為大家都愛美啊。」楊可嫺一開口，居然一嘴的妹妹經。

戴立言竟然也興致勃勃的接上話：「對，她畢業後，應該可以到大陸發展。想想那龐大的愛美人口，商機驚人啊。」

楊可夢笑著說：「謝謝戴姊姊。」也不知是謝謝剛才她的誇獎，還是謝謝她附和楊可嫺的說法。可夢人甜嘴也甜，戴立德心想，楊可嫺果真是把妹妹養成了個人見人愛的小公主。

翅鯨」實況錄音。很難想像深海底下，可以帶來如此動人的神祕天籟。

張晴老是在腦海裡將他描述爲一個「鯨魚男孩」，他熱愛鯨魚，也懂得不少。因之他習慣將周遭的人一一以鯨魚命名。張晴是抹香鯨，因爲「腦袋大」；老戴姊姊是藍鯨……

此刻張晴想起他，倒開始覺得老戴才不是鯨魚男孩呢。他不會漂浮不定，他沒有不安的海洋性格，與鯨魚過於壓迫人的龐大。認眞說起來，會不會張晴自己更像「鯨魚女孩」呢？

媽媽和自己，原來都是個不安於小池淺坑的鯨魚吧。

別再想老戴了。他在美國，說不定已成家立業，生養了個小混血兒哩。當年離開時，他那句「我永遠第一個想起妳」，曾陪她度過每一次心碎的時刻。本來她以爲，當年歲大一些，這樣的傻話就會被自己丟入垃圾桶，當成生命裡曾有的一朵金黃玫瑰。如今，當然已知它是傻話，卻奇怪的對她仍有療效。

「這家餐廳的菜很不錯喔，連餐前菜都不可小覷。」戴立德一面將菜單遞給姊姊，一面說明，還不忘註解：「我們雜誌曾做過一集專訪呢。」

戴立言看來心情很好，笑得眼睛都瞇了起來：「楊總編啊，妳把我弟弟調教得真成功，吃頓飯還不忘本行。」

這一餐吃得很愉快，楊可夢不時貢獻幾則美容界的八卦與新知，逗得三位大哥大姐瞪大雙眼，直嚷：「真的啊，想不到啊。」

熱咖啡送上來時，楊可夢正好說到：「其實，雞蛋內那一層薄膜，便富含玻尿酸。下次煎荷包蛋時，別忘了小心撕下薄膜，貼在鼻頭，可以拔粉刺耶。」

戴立言轉頭對戴立德說：「回家要記得教媽媽喔。」

看起來姊姊對眼前這家姊妹挺滿意的。

沒想到最後要離座時，戴立言開口對楊可嫻說

「老戴啊，或許你已經不再第一個想起我，變成是我想你。但是，感謝你曾經如此對待過我。」

她拿起電話，撥給司徒艾蒂。

電話接通時，千言萬語，她卻不知如何開始話題。

那一頭的司徒艾蒂先開口了：「心情不好嗎？看開點吧。」

她覺得同性戀者，反而心思更細密、更敏感。她什麼話都沒說，司徒艾蒂卻似乎都能理解。

週末時兩人又約出來瞎聊。司徒艾蒂仍然攜眷參加。

司徒東京這回一坐下，對張晴說的是：「人類的顱容量隨著時間演化，從八百立方公分增大爲一千三百五十公分。」

司徒艾蒂問弟弟：「那東京，你有幾立方公分？」

司徒東京沒有理她，自顧自從背包拿出素描簿畫圖。

張晴指了指素描簿，問東京：「我可以看嗎？」

的卻是：「楊總編，我對妳非常非常的不滿意。」

大家都愣住了。

楊可嫻卻微微一笑：「那是因為妳知道，我會成功的搶走妳弟弟。」

楊可夢大呼：「喂，我怎麼覺得妳們說的話，像在背劇本啊？」

戴立言戳著戴立德的額頭：「弟啊，這個女孩冰雪聰明，和你的傻里傻氣很登對耶。」

戴立德尷尬得直冒冷汗。這些女人啊，利嘴燦舌，語出驚人。他一句話都接不上，紅著臉扶姊姊步向電梯。

回家路上，戴立德忍不住抱怨：「姊，妳也太直接了吧。」

「那是因為楊可嫻也很直接呀。」

戴立德想起剛剛那一句：「我會成功的搶走妳弟弟。」心跳得好快。楊可嫻對自己的好感，竟然如此強烈。

司徒東京想了想，遞過來。

「咦，張晴妳的磁場與我弟相吸，很難得喲。通常自閉症者，很怕與人有肢體接觸呢。」司徒艾蒂翻開素描簿，點了點其中一幅畫。「我有把它掃描起來，寄給一家出版社，問他們有沒有興趣出版？」

「結果呢？」

「沒結果。出版社說是單出繪畫，沒有市場。唉。」司徒艾蒂嘆了好大一口氣。「本來還想賺點錢，自己辦出版社的。不過聽說現在出版業哀鴻遍野，我還是把錢留著養老好了。」

司徒艾蒂把素描簿拉回到弟弟面前，司徒東京便又開始低頭畫了起來。

張晴說：「我倒有個點子。你可以試著投稿給設計遊戲軟體的公司。我覺得妳弟弟的插畫風格，很適合。」

司徒艾蒂眼神一亮：「對啊，我怎麼都沒想到？」她拍了拍司徒停了好一會兒，戴立言才又開口：「老實說，我也不知道我剛才為什麼那樣八婆。奇怪，這根本不像我。」

的確，從小到大，戴立言一向謹言慎行，在戴立德印象中，這個姊姊從很小的時候，開口講話，便一直是個老太婆口氣。可是，與楊家姊妹閒聊時，她卻與一般女孩沒兩樣。簡直像三個聚在一起咬耳朵交換小道消息的尋常女人哩。

「楊可嫻是讓我放鬆的一個頻道喔。」戴立言自己下了結論。

結果接下來的日子裡，戴立言便三天兩頭的需要收聽這個頻道，還和楊可嫻交換了手機號碼。晚上下班後，戴立德有時會聽見姊姊與楊可嫻聊天，一聊通常要半小時以上。

戴爸爸對戴立德說：「妳這位上司很神奇耶，姊姊已經很久沒發作了喲。到底是為什麼？」

戴立德也很想知道原因。他擔心姊姊與楊可嫻東京的肩：「弟啊，你要出運啦。張晴是你的貴人耶。」

「我只是建議，可沒有保證。」張晴連忙說。

司徒艾蒂喝了一口茶：「上帝關了一扇窗，總會再開另一扇的。」

張晴心想，也許，上帝也有爲自己開了窗，只是，她裝了太厚重的窗簾，又忘記將它拉開。

張晴沒有把媽媽的事告訴司徒艾蒂，各家屋簷下的歡喜悲傷，何苦說與他人聽。她只想與司徒艾蒂有一搭沒一搭的聊，看看司徒東京專注的神情。往往，他的專注，會讓她精神一振，覺得自己沒有資格強說愁。

星期天，爸爸終究憋不住，打電話催張晴回家一趟。她實在很想以「工作很忙」打發掉，但不忍心。

一回到家，爸爸便喜孜孜開口問：「妳們那天聊了什麼？」

「爸，我才想問你跟媽媽說了什麼呢？」

櫃檯後的大姑冷冷望著門外。似乎對這個話題毫無興趣，不過，一下子如此靠近，會不會讓她情緒太激動亢奮。他先前閱讀有關憂鬱症的書時，記得書中有提過：不要製造會讓病人心情起伏太大的情境。

再說，姊姊沒有按時看診，似乎也不妥。

他與爸爸商量這件事，爸爸卻說：「我有跟醫師聯絡過，也一直有將妳姊姊的狀況回報給醫師。據他的判斷，目前妳姊姊有了她信任的對象可以講講話，這倒是挺好的。只是，為什麼身為家人的我們，反而不是她抒發心情的對象？」爸爸說完，輕聲嘆口氣。

戴立德拍拍爸爸的肩：「別自責了爸。姊姊總有辦法解決她的困難。現在，也許她找到拯救自己的好方法，我們多多配合她便是。」

一個夜裡，他終究憋不住，走進姊姊房間，想好好聊聊。一進門，倒見姊姊對著電腦螢幕正呵呵直笑，而且笑得簡直快要岔氣。

「有什麼好笑啊？」他湊近了瞧。

張晴看得出來，她的雙耳正調整到最精密的頻率，不想漏接父女倆任何一句對話。

張爸爸語氣裡全是欣喜：「我告訴妳媽媽啊，她可以在這裡開一家小店，隨她高興做什麼都行。」

張晴回頭看看大姑，顯然爸爸完全忽略大姑把這家平價商店經營得多麼有聲有色。

張爸爸又忽然想起什麼，驚呼了一句：「哎呀，我竟然忘了帶妳媽媽去看那些木雕。那全都是爲她做的啊。」

張晴心想，媽媽應該不會在乎吧。

爸爸又低下眉：「不過，媽媽沒有說好，也沒有說不好。」

張晴覺得爸爸好傻，只因媽媽沒有當場斷然拒絕，便視爲一種可能。爸爸是不是全世界最樂觀的人啊？

「我有跟媽媽一起吃飯，她現在是保險公司的課長喔。」張晴希螢幕上是一則則笑話，原來姊姊正在看網路笑話。

「我快笑死了，你看這一則。」戴立言指著螢幕，上氣不接下氣的說。

戴立德詫異的看著姊姊：「妳什麼時候變得愛看笑話啊？」

「不是啦，我是在幫你姊夫收集笑話，好寄給他，讓他解悶。」姊姊切換螢幕視窗，改成她的譯稿。

「這本書我已經快翻譯好了，出版社看了先前譯好的部分，覺得不錯，又跟我簽了下一本。我得加快，希望能在聖誕節前交稿。你姊夫聖誕節會回台灣喔。」話一說完，戴立言對弟弟揮揮手：「如果沒事的話，我要工作囉。」

戴立德搔了搔腦袋，悄聲走出姊姊房門。

戴媽媽正在研究手裡的食譜，她現在熱衷於藥膳，前幾期楊可嫻製作的那個專題，引起戴媽媽的望能給爸爸一點暗示，讓他知道媽媽不太可能回來守著這個小店。

這句話倒讓爸爸驚訝得一下子說不出話來。

大姑反而揚了揚眉毛：「很厲害嘛。」

爸爸追問：「妳媽媽……有再結婚嗎？」

「爸爸，你們根本沒離婚吧。」張晴想都沒想，立刻回答。

這些年來，媽媽雖然離家，倒從沒透過任何人表達想要辦理離婚手續。也是這一點，讓張晴好過些。感覺上，媽媽雖然不在身邊，但在法律上，她的父母依然是一家人。

爸爸的神情又快樂起來了，眞是個容易滿足的老人啊。

「晴晴妳吃過沒？」大姑似乎對這話題已無興致，只關心張晴的基本需求。

「我吃過了。」張晴幫忙把架上的物品擺整齊，回頭問爸爸：「你最近又離了些什麼？」

興趣。她還拉著戴爸爸，根據雜誌上的報導，一家家藥膳餐廳去試吃呢。

「媽，姊姊最近還好嗎？」

戴媽媽頭也不抬，說：「很好啊。咦，薏苡仁跟薏仁一不一樣啊？」

「媽，我剛剛聽姊姊說，姊夫會回來。」

「對啊，你有沒有要他帶什麼回來？我已經交待他買綜合維他命了。」戴媽媽想起什麼，抬起頭又說：「我有沒有告訴你，姊夫又升一級了？」

「你什麼都沒有告訴我。」戴立德想，是不是近來自己花太多時間在工作，或是在楊可嫻身上？每天一早就出門，晚上又送楊可嫻回家。的確，他現在與家人相處的時間是少了。

戴爸爸從房裡走出來，詳加解說：「你姊姊每隔三天便收集十個笑話寄給姊夫。不然，建志會被研究工作悶到爆炸！」

原來，姊姊是為了姊夫在搜尋笑話。這是他第爸爸搖搖頭：「我最近眼睛越來越不行了。再說，我想了很久，如果妳媽媽不想要這些東西，那就乾脆送掉算了。」

大姑馬上開罵：「送什麼啊？不會拿去賣喔。」

張晴靈機一動，建議：「爸，我來幫你賣好不好？反正我現在是自由業，很閒，我幫你在拍賣網站開家店。」

「隨便妳們怎麼處理吧。」爸爸一把抹掉額上的汗。「我去午睡了。晴晴，今天吃完晚餐再回去，大姑已經燉好雞湯了。」

爸爸的語氣平靜許多。那些木雕，雕的是他多年來等待愛妻的心情，如今等是等到了，見也見了，但是，那個離家十年的妻子，根本不在意他雕的木盤子木椅子吧。他其實是爲自己而雕，在工作中忘卻傷痛，木雕是他唯一擅長的。

一次聽到有人以此方式維繫夫妻關係。他不知道該覺得高興還是擔心？不過，至少姊姊已願意與姊夫溝通。

戴媽媽忽然又冒出一句：「喂，你姊姊覺得你應該向可嫻求婚了耶，你自己覺得呢？」

這還真讓戴立德嚇一跳。他想都沒想過這問題。

戴爸爸在一旁搧風點火：「你都二十六歲，可嫻也二十八歲了，現在結婚，生下來的孩子比較健康。別學現代都會人，搞成高齡產婦，再戰戰兢兢的去做羊膜穿刺。」

戴媽媽放下食譜，接嘴說：「對對對，拜託你快讓我當奶奶吧。退休後我快無聊死了。」

戴立德真佩服這兩老的天真。

「我可不想結婚。」他拋下這句話，便進自己房間去。

兩老面面相覷：「我們說錯什麼話啦？」

11 地圖女孩

張晴很快在拍賣網站辦好申請手續，成爲賣家。她拉著司徒艾蒂到爸爸家幫忙拍照。司徒東京在攝影上也是奇才，不必交待他什麼，司徒艾蒂只說：「東京，這一件木雕。」他便拿起相機對了對焦，喀嚓喀嚓的拍。

也許上帝賦予了司徒東京一雙在構圖上的奇妙之眼吧。

他們花了一個下午，把一件件作品全部拍完。司徒艾蒂直誇這些木雕的質感有多麼好，並且立刻買下一件木雕相框，說要送給媽媽。

張晴不肯收她錢，言明以攝影費來抵。

有了新工作，加上現在她跟司徒艾蒂一樣，又都改行當翻譯，正

11 鯨魚男孩

戴媽媽常要立言邀楊家姊妹到家裡用晚餐，她心裡仍抱持著希望，但願有日戴立德能改變心意，決定與楊可嫻結婚。

相愛的人便應該結婚，然後生子，然後一起老去，不是嗎？

她把想法告訴戴立言。立言卻說：「相愛的人不一定該結婚、生子，但是可以跳過這些，然後一起老去。」

「我真搞不懂你們這一代年輕人的邏輯啊。戴立德不是天天載可嫻回家嗎？這不是表示他愛她嗎？」戴媽媽滿臉的不解。

戴立言仍是滿嘴伶牙：「媽媽，計程車司機也每天載我回家啊。」

戴媽媽又好笑又好氣的說：「我從小就拿妳沒

簽了一本有關憂鬱症新書的英文中譯，張晴開始忙碌起來。所以，當江本傑打電話來時，她竟然以爲是哪個買家想看貨呢。

「張晴小姐，我已經回到美國了，特地向妳問候。我可以寫信給妳嗎？」

張晴一面唸著電子信箱的位址，一面盯著電腦螢幕上的木雕產品瞧。

她忍不住開口問：「你不是要和王秀蘭合開經紀公司嗎？怎麼又回美國？」

電話那一頭顯然嚇一跳：「什麼？我不懂？」

張晴也愣住了。

難不成，王秀蘭除了是書法名家，心機詭計也是她的專長？

停了一下，江本傑呵呵笑了：「我知道，這是個joke，秀蘭小姐很愛開玩笑。」於是他也笑了起來。

辦法。」

楊家姊妹來過幾次以後，戴媽媽簡直愛死了這對姊妹。尤其可夢的嘴，像沾過糖蜜，老是「戴媽媽，妳的眼尾紋一點也不明顯。」、「戴媽媽，妳皮膚怎麼那麼緊實？」的灌迷湯；對戴爸爸，則扮演忠實聽眾，連戴爸爸那套深研多年，外行人聽來必定枯燥的易經，可夢仍有本事一聽半小時，還能在中途插上一兩句「真的喔。」、「好神奇啊。」的捧場註腳。戴爸爸於是越講越來勁。每隔幾日，就問：「可嫻和可夢怎麼好久沒來啦？」

戴立言一晚在房裡對戴立德說：「我覺得啊，如果楊家姊妹與我們兩個對調，說不定會造就出兩個美好的家哩。」

「姊，楊家爸媽已經過世了⋯⋯」

戴立言說：「我知道啦。我的意思是，楊可嫻和楊可夢其實比較適合當爸媽的小孩。你看爸媽多愛可夢的撒嬌啊。」她笑起來。「至於我，我從小張晴嘴角一撇，根本覺得一點都不好笑。她想了想，發問：「江博士，你喜不喜歡木雕？」

「什麼？喔，木頭做的東西。嗯，還可以。」那一頭的語調不甚熱衷，張晴於是決定放棄江本傑這位可能買家。

據江本傑報告，他是來道謝的，此次來台，承蒙張晴小姐與秀蘭小姐招待，希望日後兩位至美國，能讓他盡地主之誼。

他竟然會引用「地主之誼」這句成語哩。

張晴覺得有點好笑，自己居然只關心江本傑的中文造詣。那麼，初時對江本傑的好感，都蒸發到哪兒去了？或許都奉送給王秀蘭了吧。

她彷彿又成了小學時那個不耐煩的優等生。彼時王秀蘭要抄她考卷，她爲了怕麻煩，索性將試卷移至一個易於被抄的角度，只希望王秀蘭動作快一點。

就是個老太婆，記憶中好像不曾對爸媽發過嗲呢。說來，我也讓爸媽失去做父母的樂趣。」

戴立德也笑了：「人生哪有可能事事盡如人意呢？」

他想起一件重要事：「對了，今天的大新聞妳知道了吧。妳的那位門診醫師竟然因憂鬱症跳樓自殺了。這太諷刺了。」

戴立言眼神黯淡了幾分：「我一早看電視新聞就知道了。媽媽還擔心我受影響，一直要帶我去看電影。」

戴立德不知該說什麼。

「你別擔心。我覺得我的病，幾乎沒事了。說來像個奇蹟，一回到台灣，我就越來越好。以前，我會整天哭，想停都停不住。有時出門，就心悸頭昏，手腳發軟。可是現在，一點事都沒有。」戴立言自己就像是個醫師般說著。

「根據我在網上查到的資料，與書裡所寫的，現在，她還是一個優等生嗎？人生這張試卷，她有答得比王秀蘭好嗎？

至少，她已經輕鬆解開適婚女子對三高情人的魔咒。

何況，她還有老戴。她拉開抽屜，無限愛憐的拿出那一張大翅鯨CD。

司徒艾蒂打電話來報告好消息：「我聽妳建議，把司徒東京的畫寄給一家遊戲軟體公司，他們很有興趣耶。最妙的是，這家公司竟然有跟東京合作的案子，打算用司徒東京的畫做爲新案的主題。」她在電話裡禁不住的大笑著：「東京的畫要賣給東京！天命難違啊。」

張晴一聽，也覺得實在奇妙。她們約好週末碰面時要好好慶祝。

一見面，司徒東京說的是：「人體有七十五兆個細胞，百分之六十的的體重是水分，屬於脊索動物門、兩足哺乳類。」

張晴點點頭：「謝謝，我終於知道自己不是兩棲類。小時候，我憂鬱症其實是可以與之共處的，只要善加調理情緒。我很幸運，有你們給我的無限支持，還有我老公的包容。」講到丈夫，戴立言眼神稍微開朗幾分。

「我有時自己分析，也許是車禍受傷，讓我一向的完美無缺，開始有缺，所以無法忍受吧。其實我一直痛恨車禍撞我的人，我卻強自壓抑，不想讓世人看到我因為已然有缺，進而也軟弱。」戴立言說起傷痛往事，語氣裡有些激動。

戴立德輕聲說：「姊姊，我們都不知道妳的痛是雙重的。妳至少應該讓我知道啊，我是妳最親密的弟弟。」

「正因為你當時是我在世上最大的意義，我更不可能讓你察覺我的苦痛與殘弱啊。如果我怕，你會更害怕，對不對？」

戴立德認真的想了想，老實的點點頭。

戴立言搖搖頭：「電影阿甘正傳老說：人生就像一盒巧克力，你永遠不知道會吃到什麼口味。屬一直認定我們既能游泳，又能在陸地生活，當然是兩棲類。」

司徒艾蒂大笑：「我才是兩「欺」類，欺騙我老爸老媽說我會結婚生子，以便後代有人可以照顧弟弟。」她的笑透露出感傷。

張晴趕快轉移話題：「妳弟弟哪來這麼多數字資料啊？」

「他愛看百科全書，上面寫的數字，他倒背如流哩。」司徒艾蒂摸摸弟弟的短髮，說：「東京，你有工作了喔，要趕快畫。」

司徒東京立刻拿出紙筆，又一頭栽進自己的世界裡。

「喂，我跟妳說，前兩天我到出版社拿要校對的譯稿，遇見另一位譯者，她好棒唷。主編說她是美國回來的，學法文，也精通英文。現在幫他們翻譯幾本法文小說。我有幾個英譯的疑問，請教她，她解說得好詳細。可惜，她走路有點瘸，好像是以前出過車禍。對了，聽說妳正在譯的那本憂鬱症的書，就是她推薦的。」

司徒艾蒂一口氣說完，喝下一口果汁，又繼續說：「我有留下她於我的那一塊口味，真是嗆辣的芥末味啊。」

「好啦，別為我擔心。我今天看到新聞時，也是驚嚇到說不出話。現在，我可想通了，我不會被憂鬱症擊垮，我還有好多事要忙。包括幫我老公訂聖誕節機票。」她轉身開始敲著電腦鍵盤。

戴立德拍拍姊姊的肩，悄聲走出門。

戴立言的眼角，落下一滴淚。

哎，現在她連看卡通影片也會落淚。從前，為什麼不輕易掉淚呢？流淚也是一種洗滌淨化的儀式啊。

楊家姊妹這天來吃晚餐時，戴媽媽先是拉著兩個人的手，要她們坐下。然後正經八百的拿出一條水晶墜子項鍊給可夢：「我和爸爸啊，想認可夢當我們家乾女兒。」

戴立德去停車，還沒進門。

戴立言倒一派輕鬆，還反問：「那可嫻呢？」

戴媽媽輕輕嘆了口氣：「可嫻啊，我們本來希的E-mail，她說以後有問題可以寫信問她。」

「眞的？她不會跟妳要顧問費吧？」張晴心想，這世界好人似乎也奇怪的多。

司徒艾蒂搖搖頭：「她人好好。我眞想要一個這樣的姊姊哩。老是當東京的姊姊，我也很累啊。」

張晴勸她：「我看分明是妳自己把照顧東京的責任，全往身上攬。妳爸媽想分擔，都被妳擋掉了吧。上一次妳不是說，妳爸媽要帶東京去北海道玩，妳還嚇他們，說東京會暈機嗎？」

司徒艾蒂想了想，敲敲腦袋：「對耶，有時我也覺得累到只想大哭一場。結果東京還在我面前，冷靜的一一唸著：笛卡兒是一六五〇年去世。當時，我眞想對東京說：你老姊此刻也快要掛了。」

張晴輕呼：「東京很無辜耶。妳才需要多冷靜。不要把自己當成無所不能的大藍鯨。」

望妳成為我們家媳婦的。但是這個兒子有他自己的想法……」

戴立言瞪大雙眼：「媽，妳講話也太直接了吧。」

楊可嫻淺淺一笑，眼裡流露一絲淒然：「有的男人，會讓他女友覺得這是他的第一次戀愛；有的男人，會讓他女友覺得這是他的最後一次戀愛；至於戴立德，則讓我覺得，如果硬要與他談戀愛，便是摧毀他的完整。」

戴爸爸說：「你怎麼把我兒子說得像個悲劇人物啊。」

楊可嫻回答：「不，他是悲慘世界裡的一個喜劇。」

「哇，姊姊妳可以去寫舞台劇腳本囉。」楊可夢一面戴上項鍊，一面大叫。還不忘又摟住戴媽媽：「乾媽，項鍊好漂亮喔。謝謝。」

戴媽媽也摟緊可夢：「乾女兒啊，妳最好永遠

「大藍鯨？」司徒艾蒂狐疑望著張晴。

「哈哈，我竟然引用我國中同學的話。我有個男同學，是個鯨魚迷，他總叫他姊姊是藍鯨。」

司徒艾蒂很有興趣聽下去：「你還有跟他保持聯絡嗎？」

張晴搖頭。

這麼多年，她不是沒想過與老戴相逢，或是再聽一次抹香鯨啊、藍鯨啊、大翅鯨。只是，當時年少情懷，能當什麼海誓與山盟？

幾天後，張媽媽約張晴一起吃飯。張晴決定這一次要問清楚；爲自己，也爲爸爸，她要問清楚離開家的媽媽，會回家嗎？

「當然不會。」媽媽很平靜的回答。

這一瞬間，張晴覺得空氣一直冷進她的肺裡、心裡。

「爸爸很愛妳……」她只說了這一句話，便哽咽得說不下去了。

張媽媽攏攏頭髮，輕輕開口：「晴晴，我這輩子做得最對的事，這麼單純就好。這些大哥哥大姊姊的感情事件，未免太深奧難懂了。」

戴爸爸忽然想起什麼：「我彷彿還記得，戴立德一直寄明信片給一個叫張晴的女孩。他是不是為了張晴在守貞啊？」

「我的天啊，爸爸你連守貞這兩個字都講出來了。」戴立言對楊家姊妹做了個鬼臉。「真受不了。」

戴媽媽說：「我們是不是該弄個尋人啓事，幫兒子找到張晴？現代社會，找人應該不難。」

戴立言轉頭望著楊可嫻：「妳看，我爸媽根本不懂人際禮儀。竟然在妳面前大談戴立德與他的夢幻女友。唉，戴立德算沒有福氣與妳在一起。」

楊可嫻聳聳肩：「也許，我就是因為這樣，才那麼喜歡他吧。」

戴爸爸果真與戴媽媽認真的開始討論，如何進行尋人。

就是離開家。做得最糟糕的事，是當時沒有帶著妳一起走。」

想了想，張媽媽又幽幽開口：「不過，也許大姑把妳照顧得更好。妳知道，我離開家以後，過了幾年很苦的日子。」

張晴一丁點都不想問那位誘引媽媽離家的木工師傅。那僅是一個引子，張晴知道，媽媽現在獨自生活著。

「我現在有多快樂妳知道嗎？我在工作裡得到成就，我喜歡一個人在家隨意賴床、吃垃圾食物。這些，都是做爲一個妻子不該有的行爲。」

張晴抗議：「可是爸爸那麼愛妳，他一定會容忍妳的一切。」

「可是待在那個家，我自己會心虛。」媽媽說。

張晴沉默了。

是啊，她想起大姑看媽媽的眼神。還有，爸爸也曾爲了她的教養方式，與媽媽起爭執。

「媽，你們不懂。他愛她，但與她無關。」戴立言說了句箴言。

「我愛妳，但與妳無關。」載楊家姊妹回家後，戴立德回房裡，望著那一疊明信片發呆，腦子裡不斷打轉的，是這一句史上最費人疑猜的愛戀信條。

說來，他並非一定要找到張晴，然後兩人可以天長地久一番。他有太多方法可以更積極的尋找她，或許最後娶了她，日夜都能廝守在一起。然而，對張晴的所有思念，從來不包含這樣的念頭。

所以，到底他對張晴，有什麼樣的期待與具體目標？

答案是沒有。只有年少時那一句幼稚可笑的：「我永遠第一個想起妳。」於是，註定此生他得守住這個允諾，像守著亂世裡最後一座愛情堡壘。

儘管堡壘裡，只有一個寂寞的自己。

有時他會想，是否自己太擴大與戲劇化了年少

「人啊，有所得就有所失。於是，我們只能選擇最在意的事，在可能範圍內自我滿足。我相信當年如果勉強留在家，我將會是全天下最不快樂的媽媽，也會造成一個最不快樂的家。」

張晴想說，媽媽妳好自私。轉念一想，這世界眞殘酷，只給媽媽兩個選項：滿足自己的自私，或滿足爸爸、大姑與張晴的自私。

人生處處是難題。

她嘆口氣：「媽媽，我們吃飯吧。從今以後，我不會再問妳這件事。」

時的情懷？張晴未必記得這句話，未必將他置於生命裡的某個空間。說不定，她此刻正與另一個心愛的男人開懷笑著，唱著屬於他們的歌，夢著屬於他們的夢。

但有什麼關係。我愛妳，但與妳無關。我愛的是自己對愛的某種最乾淨最原始的狀態。

是啊，如果能與張晴在一起，日夜見其笑，聞其聲，當然會是最美好的一種人生。但是，如果不能，我至少擁有「擁有想念她一切」的權利。而這是真實的。

他將明信片輕輕放回抽屜。

12 地圖女孩

張晴收到喜帖時，還是著實嚇了一大跳。

王秀蘭拿出她一向的不怕磨精神，竟然眞的與江本傑結婚了。

張晴盯著拿在手上的喜帖，火紅的色彩，讓她覺得燙手。

王秀蘭是個行動派，這世界上若有她想要的目標，她絕對戮力以赴。成功，總是留給這樣的人吧。

這份喜帖，分明是來嘲弄張晴的。

她可以想像：王秀蘭眉開眼笑的摟著江本傑的腰，朝著空氣中假想的張晴，射來一枚枚冷如冰霜的眼神：「張晴，我還是贏了。」

但是張晴壓根兒不打算參與任何與婚姻有關的競賽。有媽媽在眼

12 鯨魚男孩

聖誕節時，林建志回到台灣度假，帶給戴媽媽的禮物是銀髮族吃的綜合維他命，給戴爸爸的是一本寶石圖鑑，給戴立德一個攝影機鏡頭；至於給妻子的，是一句問語：「妳準備好回家了嗎？」

此話一出，除了戴立言，其他人眼眶都隱約泛著淚光。異鄉奮鬥，需要意志與體能，親人隨行，除了可以協助打點生活雜務，精神上的支援，當然助益良多。

戴家父母真想大聲說：「去吧，女兒。天底下哪裡找得到這樣容忍與呵護妳的好人呢？」

但是他們不敢開口。這個女兒，很早的時候，便不像女兒了，倒像是他們的長官，有點讓他們不敢造次。

戴爸爸有時想到從前，連吃一頓飯，都得等戴前當現成例子，她難以想像世上會有從此幸福快樂的童話婚姻。

就算有一天，遇到老戴，老戴也是單身，她能對愛情鼓起勇氣，進而編織屬於自己的一襲美好婚紗嗎？她懷疑。

她郵寄出一份禮金，只希望此生不再聽到或收到任何關於王秀蘭的消息。

司徒艾蒂自從知道張晴有了個老情人戴立德後，每回見面，都笑笑的調侃她：「昨夜有沒有夢見他？」然後便哼起早期那首令許多人心碎的民歌：「爲何夢見他，那好久好久以前認識的男孩，又來到我夢中……」

張晴沒好氣的瞪她一眼：「早知道就不告訴妳。」

「拜託，我覺得他的故事可以寫成小說耶。那麼無害的小動物，鼓著最純潔溫暖的大眼，永遠陪著，不離不棄。哇，我也開始渴望談戀愛了。可惜我的愛人不好找啊，她必須能通過司徒東京這一關。」

立言做最後裁定，才能決定到哪家餐廳，想起來都覺得好笑。

好笑中，卻又帶點愴然。或許，全家都太依賴她，以致於忘掉戴立言本來也只是個小小女孩。

戴媽媽心裡更是千迴百轉，她一想起往事種種，老會歸咎自己是太偷懶了。生下立德後，看到立言爭著照顧弟弟，還以為自己從此可以省事，有個伶俐女兒攬下陪立德長大的擔子。那時真沒想到，立言說不定一開始只是覺得好玩，像所有的孩子，一開始覺得照料小動物很好玩一般。

現在，什麼都無法挽回了。他們的女兒，已經被塑造成無論何時都必須堅強的個體。他們自己放手流失掉擁有一個甜美女兒的可能。

戴爸爸坐進沙發，假裝開始研究起手中那本圖鑑，這是他近來的興趣。戴媽媽進廚房煮咖啡。立德把玩著相機。

戴立言則拉著丈夫，走到窗前，指著遠方說：

張晴沒接話，倒是另闢話題：「我們以後一起住到老人公寓，我再幫妳照顧好了。我嘛，煮泡麵的功力倒是不差。」

司徒艾蒂問：「妳的木雕賣得如何？」

「不錯耶。上次有家電子公司，居然一口氣訂了三套小型桌椅，說是布置休閒室用的。有個居家雜誌，還約好要來做一篇專訪哩。」張晴用誇張的語調，興高采烈描述著。

司徒艾蒂也回應：「我們家東京也不差，已經為我，不，為我們日後的老人公寓，賺進頭期款啦。那家遊戲軟體公司，還猛催我讓東京多畫一些呢。」

「妳不覺得這樣也很好嗎？誰規定女人一定得嫁夫生子。」張晴忽然冒出一句。

司徒艾蒂卻說：「妳別嘴快。哪天妳與老情人戴立德重逢，說不定妳會急著跪下來向他求婚哩。」

「我每天都朝著你的方向，為你默唸十遍心經喔。觀自在菩薩，行深般若波羅蜜多時，照見五蘊皆空，度一切苦厄。我們現在算已經度過最深的苦厄了吧。」

林建志緊緊握著妻子的手，只不斷點頭。

戴立言說：「我已經幫我們兩人訂好回美國的機票了。」

這句話已經說明一切。

全家立時都泛開一抹明亮微笑。

戴立言找立德再到大安森林公園走走。趁建志去停車時，立言拉立德先找張椅子坐坐。

「你讀過齊克果的日記嗎？他有一天這麼寫著：『我剛從聚會中歸來，彼處我是生命與靈魂，每個人都開懷大笑且羨慕我。然而，我走開——此處的破折號須如地球軌道那樣長——我想槍殺自己。』」

戴立言喃喃的唸著，戴立德小心傾聽。

張晴作勢要潑她水：「司徒艾蒂，妳閉嘴。」

聖誕節時，她們約好一起逛百貨公司，想為張媽媽張爸爸與大姑買份禮物。自從與媽媽重逢，也確定媽媽不會返家後，張晴便一直處於矛盾中；她想要見到爸爸的笑容，但又不忍心見到媽媽失去笑容。也許多年以後，媽媽終於累了，會想有個可信賴的老伴吧。到時，爸爸一定還在等她。爸爸親口這樣對張晴說，還要張晴找機會告訴媽媽。

屬於媽媽的海洋，眞是遼闊啊。媽媽是條願意寂寞的鯨魚，她沒有歌，她不需發出求偶的旋律，寧可自己沉默泅泳。

張晴呢？自從知道王秀蘭與江本傑的婚期，她便更熱烈的想著戴立德。曾經，有個人對她允諾：「我永遠第一個想起妳。」這句話，不是每個人都有幸聽得、擁有。她想，她可以帶著這句話，像帶著最可靠的保單，心靈豐足的面對生命裡每一個孤獨時刻。

戴立言抬起頭，摸摸弟弟的臉頰：「我第一次讀到此篇日記，立時放聲大哭。那就是我啊，我一直是兩面人。我必須在世人面前強壯與美好，一轉身，我卻厭惡與害怕自己的強壯與美好。」

戴立德又傻住了，他永遠不知道在姊姊面前說什麼好。

遠遠的，建志走過來。立言望著他，眼裡是溫柔、是期盼：「不過，現在你不必替我擔心了。我已經槍殺了那個我所討厭的自己。我確定我願意為什麼而堅強與美好了。而且是自願的。」

建志走過來，拉著立言起身。

「老公，我們回美國後，生個孩子吧。」

建志臉都紅了，立德則哈哈大笑：「太棒了，我要開始學怎麼拍嬰兒照。」

建志與立言回美國前，邀楊家姊妹一起聚餐。這回，選的是可嫻和立德曾經專訪過的那家科學園區多國料理自助餐。

逛禮品區時，她忍不住問司徒艾蒂：「妳不覺得像司徒東京這樣，永遠活在自己單純的王國裡，也不錯嗎？」

司徒艾蒂轉頭看著司徒東京，他正專心的望著牆上貼的海報，可能在數有多少字，或多少顏色吧；他是個數字狂。司徒艾蒂沒說話，只摸摸弟弟的背包，調整一下有些傾斜的角度。

過了一會兒，司徒艾蒂才說：「誰知道他過著怎樣的生活，快不快樂？」司徒東京忽然開口對她們說：「從進門起，一共有八十五個人走過我身邊。」還咧嘴一笑。

司徒艾蒂和張晴也笑了。

張晴說：「人生啊，只需關心一件事應該也不錯。我們都想太多，也知道太多了。」

回家後，張晴接到爸爸的電話，說是想邀請媽媽聖誕節時吃飯。張晴皺著眉頭：「我不知道媽媽有沒有空？」話才出口，她又覺得太老闆曾經大力推薦的各式海鮮，果然鮮美，大家都讚不絕口。老闆還記得可嫻，直說：「謝謝楊總編，專訪刊出後，我們店生意大好喔，今天我會好好優待你們。」

雖是自助餐，但是巴莎諾瓦輕軟的音樂，加上屬於較高價位，所以餐廳裡並沒有中餐廳常見的喧譁，倒是一派悠閒靜雅。

老闆為他們準備了包廂用餐。戴爸爸與戴媽媽不斷要楊家姊妹多吃一點，戴爸爸每次取用餐點，總不忘夾一大堆，一定要分一些給楊可夢這個乾女兒。

可夢也盡職的每樣都吃光光，還直誇：「好好吃喔，以前吃的食物簡直像難民營伙食。」

楊可嫻瞪她一眼：「喂，妳的誇飾法也太離譜了吧。」

可夢又撒起嬌來：「因為是乾爸乾媽夾給我吃的，特別美味嘛。」

立言笑起來，無限溫柔望著可夢：「將來我也殘忍，補了句：「我等一下打電話問媽媽。」

張爸爸在另一頭又說：「妳可以跟媽媽撒嬌啊。小時候，妳一撒嬌，媽媽什麼都買給妳。」

張晴眞想提醒爸爸，現在離小時候不知有多遙遠啊。還有，有些東西永遠買不起。她想了想，還是轉移話題：「爸，你最近有雕了什麼嗎？」

張爸爸起勁了，開心的說：「有啊，妳媽媽回來後，我好有靈感。昨天，我已經畫了幾張草圖，打算做一整套適合咖啡廳用的桌椅。」

張晴眉頭皺得更深了。爸爸居然還說「媽媽回來後」！媽媽哪有回來，她只是走進來拉保險。不過，她一輩子都不會拆穿。爸爸有屬於他自己的夢，這麼多年過去，爸爸呵護媽媽的心一直沒變，誰有權利破壞這個夢呢。

爸爸又開口：「晴晴啊，妳有空告訴媽媽，如果她想做生意，我想要個這樣的女兒。」

戴媽媽立刻張大雙眼，興奮的說：「快快快，我恨不得明天就當外婆。」

可夢也跟著說：「我幫立言姊姊準備預防妊娠紋的按摩霜。」

建志又臉紅了，小聲說：「還……還早哩。」

立德拍拍姊夫的肩：「我們這一家講話都不守國際禮儀的，還沒習慣嗎？現在再加個乾女兒多湊一腳。」

可夢大聲說：「都是自家人，管什麼禮儀。」

楊可嫻低頭默默吃著沙拉，沒有加入話題，只偶而看著大家，淺淺一笑。

戴媽媽彷彿想到什麼，又高分貝說起話：「我這個兒子可怪了，明明是個癩蛤蟆，卻偏不要天鵝。」

戴立言說：「媽，戴立德如果是癩蛤蟆，妳不就是癩蛤蟆媽媽？」

戴爸爸搖搖頭：「老太婆，別讓可嫻尷尬。」

可以出錢。不管做什麼，我都會幫她。」

「媽媽不缺錢喔。她的保險業務做得很成功。」

「真的啊，妳媽媽在做保險喔。咦，那她怎麼不來跟我拉保險？我也可以買啊。順便幫妳、大姑都買。保險很好，每個人都需要。」

爸爸一口氣說完，張晴差點笑出聲。她記得很久以前，有個阿姨來家裡拉保險，還被爸爸轟：「妳要咒我早死嗎？」

掛下電話，她還是撥給媽媽，把爸爸的意思轉達給她。

媽媽倒是大方的回應：「好啊，我們聖誕節一起到科學園區的一家多國料理自助餐聚聚。我請客。上回公司尾牙，就在那一家。食材很道地喔。晴晴知道的。」

聖誕節晚上，他們來到餐廳。大姑推說她感冒，想留下來看店。其實，這家小店幾乎就是大姑的世界，她決不肯輕易離開一時一刻。

一家三口又再度相聚，但是三個人心裡各有念頭。

說是這樣，戴爸爸自己卻又接話說：「你們有沒有讀過《奧德賽》？特洛伊戰後，尤里西斯漂流在海上，一直無法回家，他到過許多地方，認識不少美麗女神。」

戴媽媽問：「老頭子，你到底要講什麼古？」

戴爸爸說：「尤里西斯最後一站，流浪到世界的盡頭，遇見仙女卡呂菩娑。卡呂菩娑既美好又善良，但是尤里西斯仍然不想與她在一起，只想著原配潘娜洛比。我記得書中是這樣寫的：尤里西斯對卡呂菩娑坦誠：『妳比潘娜洛比美，也比她高貴，說句真心話，妳在任何方面都勝過她。』」

戴爸爸是個說故事高手，大家都暫停手中的飲食，專心聽著。

戴爸爸繼續把尤里西斯對仙女說的話講完：「但是，潘娜洛比是我的妻，我的故鄉，我的生命。」

說完，戴爸爸摟著戴媽媽肩膀：「我們家兒子啊，有屬於他的愛情故鄉，我們應該尊重他，幫助媽媽表現得落落大方，多年職場經驗，眞的改變了媽媽。她不再是小鎭上只會打掃木屑的歐巴桑，她的言行舉止，既高雅又合禮，張晴看著媽媽，也覺得以這樣的媽媽爲榮。

爸爸剝著盤子裡的蝦子，一剝開外殼，便忙不迭的送進媽媽與張晴的盤中。在外人眼中，這是一家多麼父慈母愛的溫暖家庭啊。

媽媽輕聲說：「明義，別再剝給我了。你自己吃。」

想了想，她又補充一句：「不過，咱們都年紀大了，還是不要吃太多。蝦子的膽固醇挺高的。」

爸爸居然俏皮回了一句：「沒關係，我要跟妳買保險。」

媽媽和張晴都忍不住笑了出來。

如果一直這樣，應該也不錯吧。張晴想。有一種夫妻關係，名爲假日夫妻。平時各忙各的，假日再一起悠閒聚首。於是，在一起的時刻，總是快樂的，沒有尋常瑣事煩擾。

他。」他再轉頭望望可嫻：「至於這位仙女，她理應有更好的靈魂伴侶。」

戴立言拍拍手：「爸爸，我從不知道你如此浪漫，富有人文氣息哩。」

戴媽媽神情愉快望著丈夫：「咱們一家都有浪漫基因。」

林建志卻忽然插嘴：「根據最新的基因學，人類所有的身心行為，倒不一定全跟基因有關。我們這個研究部門……」

話還沒說完，立言就堵住丈夫的嘴：「老公，你可以注射點浪漫基因在自己的身體裡嗎？」

建志呵呵傻笑：「會會會，等我們研發出如何將成人幹細胞轉回胚胎幹細胞，應該就有辦法修復好我的笨拙了。」

楊可嫻只好也跟著微笑：「戴爸爸，我哪是仙女？你和戴媽媽，還有立言姐與林大哥，才是神仙眷屬。」

張晴覺得，說不定爸媽就是適合當假日夫妻。也許，找個適當時機，勸爸爸調整心態，也試著改變媽媽。

只是，搞不好她自己也希望以後這樣呢。想想，那些爲了抹布該掛著還是摺疊著、馬桶坐圈需掀起還是放下，雞零狗碎的生活爭執，多麼折損短暫的人生啊。

張晴起身，準備幫爸媽倒杯果汁。經過一間包廂，聽見裡面傳來一大家子的笑聲，她也微笑著。每戶人家屋簷下，各有各自的笑與淚。

她端回果汁，要爸爸把近日木雕作品的相片拿出來給媽媽欣賞。

戴立言也藉機聊自己的工作：「我現在合作的出版社，希望我回到美國後，能順便幫他們留意好書，我可以身兼經紀工作喔。目前我手上有兩本書待譯，還有一本小說的點子想寫，忽然覺得挺忙的。」

建志提醒她：「妳還要幫我收集笑話喔，別忘了。那是我忙碌工作裡最大的消遣哩。」

戴爸爸問楊可嫻：「你們雜誌還好吧，我每次逛書店，都看到它被擺在平台最醒目的位置，一定很暢銷吧。」

楊可嫻答：「是啊，自從戴立德把每樣食物都拍得像藝術品，我們雜誌便從實用指南晉升為藝文雜誌了。最近又得了一個獎。」

戴媽媽驕傲的看著兒子：「這個癩蛤蟆兒子，我倒是越看越滿意。」

戴立德卻忽然說：「可是，楊大總編卻想辭職不幹了。」

大家都驚訝大呼：「為什麼？」

13 地圖女孩

司徒艾蒂送一本英文新書過來給張晴。一進門就說：「天大的好消息，妳譯的那本憂鬱症的書，有被提名最佳翻譯獎喔。剛才出版社的人說的。」

張晴張大眼睛：「哇，我上一次得獎，好像是幾百年以前的事哩。」

想起從前，她是個不想輸也覺得一直不會輸的人，參加比賽得獎似乎是家常便飯。直到國中那一場演講比賽……

那一回挫敗，是老戴第一個送上溫柔的安慰。

張晴想起來，提醒自己：「對了，我應該寫信給Betty，她解了我

13 鯨魚男孩

楊可嫻坐在社長辦公室，滿臉笑容。

「社長，謝謝你成全我。」

社長搖搖頭：「我才不想成全妳哩。這些年，我看著妳從小文編做到總編，要找到像妳一樣既肯吃苦、效率又高的總編實在不容易啊。妳真是丟了個難題給我。」

楊可嫻低頭望著腳下那一雙步鞋。是啊，這些年，她像這鞋，已經被磨得既骯髒又處處裂紋了。

社長翻開這一期雜誌：「幸好，我們的王牌攝影答應三年內不會離開。」

戴立德與社長有過口頭承諾，他的攝影在業界間已有口碑，不少雜誌社想挖角。但是戴立德都回絕。他對這份雜誌也有著革命情誼。

「聽說妳要開一家咖啡廳？」社長抬起頭問。

不少翻譯時的疑惑呢。聽說她已經又回美國了。」

司徒艾蒂又繼續報告：「我們家東京又完成另一件案子喔。他的畫圖速度快得不像話。不過，每一幅畫都是鈔票啊，眞是太美好了，對不對，司徒東京？」

司徒東京居然點點頭：「對啊。妳可以拿去付老人公寓的頭期款了。」

張晴和司徒艾蒂相視大笑：「哇，你居然記得我們以前說的話耶。」

張晴指著電腦螢幕：「我也有一個天大好消息。有家咖啡廳打算要買幾套桌椅和裝飾耶，這筆生意做成的話，會讓我們更付得起頭期款喔。」

司徒艾蒂也笑：「哇，過癮過癮。他們是重新裝潢嗎？」

「好像是吧，聽說是頂讓的。不過，電話裡那位小姐的聲音，聽楊可嫻點點頭：「我已經找到地點。」

其實是，多年的美食總編工作，讓她累積不少人脈與經驗，她承接了一家小咖啡廳，位於捷運站出口。地點很好，前一任業主是她做過專訪的店，現在要移民，於是便宜頂讓給她。

社長點點頭：「好啦，我會祝福妳，也會去妳的店捧場。不過，妳要答應我協助新任總編輯一段時間。」

「沒問題。」楊可嫻拿起新一期的校稿，走出社長辦公室。

經過戴立德辦公桌，她對正在忙著整理數位圖檔的他淺淺一笑。

楊可嫻仍不改主管本色：「戴立德，你這王牌攝影要繼續維持水準喔。」

戴立德尷尬笑了笑，一旁的小鈴也湊過來補了句：「有王牌總編加持，戴立德，你這首席攝影師要加油啊。對了，聽說有出版社要找你出書？」

起來像個女強人，希望她不是吹毛求疵的刁鑽鬼。我們已約好下週二到爸爸的工作室看成品。爸爸也很高興。」

正開心說著，電話響了。張晴拿起話筒，只聽見傳來明顯的啜泣聲，是王秀蘭。

「張晴，妳有空嗎？我想找妳談談。」

司徒艾蒂見張晴忙著，拉起東京，對張晴做出「我先走了」的嘴型，再比個「我們再電話聯絡」的手勢，打開門離開。

張晴對司徒艾蒂點點頭，然後坐下來，打算好好聽王秀蘭又有什麼驚奇。

「張晴，對不起。我想了好久，發現我一個可以大吐眞心話的朋友都沒有。反而第一個想到妳這個小學同學。」

張晴聽了覺得好笑。怎麼，她也是王秀蘭第一個想起來的人嗎？

王秀蘭覺得電話裡說不清楚，希望能到她家來談一談。而且，她戴立德又不好意思的低下頭來。

楊可嫻說：「那很好啊。如果需要幫忙，要開口喔。我也編過幾本美食專書，可以給你一些經驗談。」

戴立德終於開口了：「我姊姊要幫我寫文字，這是我們從前的一個約定。以前我初學攝影時，姊姊就說，日後我出書，她一定幫我擬文稿。」

楊可嫻點點頭：「你們姊弟合作，一定很有看頭。」她走回座位，開始整理物品。

戴立德望著可嫻，心裡其實五味雜陳。他當然知道可嫻對自己好，不過，他也確知，可嫻不會要他回報什麼。因此，他對可嫻不無愧疚。

現在，可嫻要離職。也許，往後不能再每天見面，反而可以讓他們發展出另一種情誼。他只能如此希望。

楊可嫻回家，看到可夢正在看電視上的美容節目。

其實已經在她家樓下了。

王秀蘭這個行動派！

張晴打開門，讓王秀蘭進來。

「妳家布置得挺雅的。」王秀蘭望望四周，臉上看得出有一絲欣羨。

張晴則回答：「別忘了，妳家是豪宅耶。何況又是新婚，妳有重新裝潢過吧。對不起，妳的婚禮我正好有事……」

張晴話沒說完，王秀蘭就開口：「我就是來找妳聊這個。」

她坐下來，大大嘆了口氣：「這輩子，我也算是個精，怎麼知道會栽在江本傑那個混蛋手裡？」

張晴一聽，大驚，完全無法想像發生什麼事：「妳……江本傑，難不成他對妳家暴？」

王秀蘭鄙夷的冷哼一聲：「如果眞是家暴就好了，我還可以去弄張驗傷單告他。」

「妳又在進修啦？」可嫻打開冰箱，端出一盤水果，坐在妹妹身旁。

可夢將電視聲音關小：「姊，乾媽問我們這個週末有沒有空，他們要到宜蘭的休閒農場。」

可嫻拿起一顆葡萄，放進嘴裡：「妳去就好。我這週末跟設計師約好了，要到咖啡廳討論店裡的設計。」

可夢乾脆關掉電視，靠近姊姊身邊，開口問：「姊，妳從前什麼事都告訴我。可是，我覺得妳這一次好神祕喔。我連妳辭職都不知道。是聖誕節那晚立德哥哥說，我才知道。嚇我一大跳耶。」

可嫻拍拍妹妹的頭：「沒有什麼啦。我想換換不一樣的生活方式啊。」

可夢卻說：「我猜，這一切，都跟立德哥哥有關，對不對？別以為我只是個傻妞喔。」

可嫻笑出聲：「妳本來就是個傻妞，只懂化妝品。」

她抹抹額頭的汗。

王秀蘭微胖的身子，讓她一激動便冒汗。

穩了穩自己的情緒，王秀蘭繼續說：「我跟他婚宴後的第三天，他便露出真面目，跟我開口要錢。喂，才第三天，連蜜月都還沒出發耶。」

張晴不懂，皺起眉頭。

王秀蘭倒是說得起勁：「他竟要我把房子過戶給他，說是讓他辦銀行貸款有擔保品。又要我出錢投資他的生意，天知道是什麼生意。最可惡的，他要我回到美國後，在當地開班授課，說是：這樣我們家才會有固定收入。咦，難不成他要靠我養家？」

張晴發表意見：「誰說女人不能養家？」

「問題是，他擺明了要我進貢一切，我今天僅有的一切，都是以血以淚換來的。他憑什麼一夜之間就想奪走？」

張晴想說，就憑他原本的三高表象啊。我自己不也以爲江本傑是

「喂，明明是妳說化妝品業前途大好。」可夢抗議。

可嫻靜下來，嘴裡又放入一顆葡萄：「我說啊，所有女人，都希望開家咖啡廳，這是全天下女人的夢想。可以在夢想的咖啡廳裡，放進自己對食物的熱情，放進對音樂的熱情，對美好人生的熱情。」

可夢問：「那妳的夢想是要在咖啡廳裡放進什麼？」

可嫻轉過頭，很認真的回答：「我要每天準備最家常最溫暖的菜餚，讓妳和戴家人，隨時可以走進來吃個飽。」

可夢好像聽懂了：「喔，原來姊姊妳是援用古法：要抓住一個男人，先抓住他的胃。姊姊妳更厲害，妳要抓住他們全家人的胃。」

可嫻雙眼一瞪：「可夢，妳在說什麼？」

「姊姊，我太了解妳了。妳是用另一種方式，多麼理想的白馬王子？

一想到這裡，張晴有點同情王秀蘭了。畢竟，她真的知道王秀蘭是吃苦耐勞熬出頭來的。

「那妳究竟給他多少？」張晴問。

王秀蘭倒是燦開一朵微笑：「一毛都沒給。我王秀蘭不是省油的燈。」

張晴又問：「可是，以後妳打算怎麼辦？江本傑人呢？妳要不要告訴邱博士？」

「他們是親戚，一定護著他的，我才不想自討沒趣。再說，這麼丟臉的事，我也不想張揚。」說到這裡，她抬頭看著張晴：「我一直對妳不禮貌，出事了居然有臉第一個來找妳。眞是夠奇怪吧。」

她自嘲的說：「我從小就依賴妳、信任妳哩。相信我，連我的那些姊妹，都比不上妳在我心中的重要性。」

在痴心等待立德哥哥。」

可嫻輕嘆一聲。

過了一會兒，她才幽幽開口：「妳說得對，但也不對。我是真心希望為立德與他的家人布置一個彷如家的小咖啡廳。我願意隨時守在那裡，等候他進門，為他遞上一杯熱茶，一份餐點。像所有的妻子為丈夫準備的那樣。」

她繼續說：「只是，我並不奢求立德一定要回報我什麼。我能這樣等著，每天為在乎的人採買食物，烹煮餐餚，已經很快樂了。」

可夢一臉的不以為然：「我現在覺得立德哥哥好壞喔。他怎麼可以不愛妳？」

可嫻卻說：「妳錯了。如果他只是合乎你們的期望，勉強自己愛我，我會真的快樂嗎？我搞不好一輩子都在擔憂、尋找他遺失在外的心呢。」

她又說：「有一種愛，只希望能有個值得愛的人存在就好。我找到了，也滿足了。」

這還眞是奇怪的友誼啊，張晴露出苦笑。

王秀蘭說：「江本傑昨天回美國去了，我警告他，下次回台灣，不准回我的房子。我已經請鎖匠把全部的鎖都換新了。」

「以後呢？」

「我已經準備請律師幫我辦理離婚手續。」

張晴聽了，還是嚇一跳。

她勸王秀蘭：「妳要不要先冷靜一下，先觀察一陣子啊？說不定江本傑只是目前經濟有難，未來搞不好鴻圖大展呢。妳應該陪他、幫助他啊。」

王秀蘭笑說：「哇，張晴妳成了婚姻諮詢師啦。妳有沒有想過，如果眞是這樣，江本傑要娶的，其實是一張提款卡？他要的並不是同甘共苦的靈魂伴侶。」

難怪江本傑對張晴並不熱衷。他一定知道張晴沒有雄厚財力。

可夢滿臉疑惑：「聽乾媽說，立德哥哥一直在等著他的初戀情人。好傻喔，現在還有這種純情的傻瓜啊？」

「所以我愛他。」可嫻笑著回答。

週末時，戴家放棄休閒農場，全都跑來咖啡廳視察。

戴媽媽一直給意見，一下子說這裡放個吧檯，一下子說還是不要好了，設計成居家風格比較好。戴爸爸則翻閱手中的黃曆，說要挑個黃道吉日才能開張。

可嫻說：「等這裡開始營業，戴媽媽妳就不要開伙，每天都到這裡吃飯吧。我已經聘請一位之前在飯店當過主廚的舊識擔任廚師唷。」

戴媽媽興致高昂：「我看，乾脆妳也聘請我來工作好了，我可以端盤子。」

戴爸爸也接話：「我可以幫客人排命盤，算紫微斗數。而且妳不用花錢，我們倆來當志工。戴媽王秀蘭站起身：「張晴，謝謝妳願意聽我發牢騷。我現在要的，也只是這樣而已。我對婚姻再也不抱什麼期待了，靠自己就好。」

張晴連忙說：「這樣也不好吧。世事難料，說不定妳走下樓，就遇見一位眞命天子。」

王秀蘭大笑：「對啊，我剛才在妳家樓下，看到有個擺測字攤的老頭。嗯，倒是跟我挺配的。」

兩人都笑開了。

「倒是妳，妳有沒有妳的眞命天子？」王秀蘭一面往門口走一面問。

張晴搖搖頭，打開門。

「王秀蘭，依我對妳的認識，妳一定可以堅強度過這一切的。妳只是短暫的不順，很快能雨過天青。我是說眞的。」

王秀蘭眼裡也泛起一點柔軟：「謝謝妳。我也是說眞的。」

送走王秀蘭後，張晴想起戴立德。他算是她的眞命天子嗎？

媽老說退休後好無聊。」

楊可夢大叫：「好啊，乾媽你們來，我幫妳做臉。」

可嫻敲敲可夢的頭：「這是咖啡廳，不是美容院。」

戴立德對可嫻說：「等妳裝潢好，如果需要，我送妳幾幅攝影作品當布置。」

「好啊。」可嫻笑著點頭。她要設計師過來，把設計圖解說給大家聽。然後她又說：「設計師建議，店裡可以大量使用木製材質用品，營造出溫暖樸實的氣氛。」

年輕的設計師說：「最近有家網路拍賣的木雕業者，作品不錯，很紅喔。我們打算約賣方下週二去他的工作室看成品。」

可嫻問戴家人：「你們要一起去嗎？那家木雕的做工真的挺細，造形也很有特色。有一期居家雜誌還有專訪哩。」

她忽然好想媽媽，撥了電話給她。接通後，卻只是說：「媽媽，我只想問妳今天過得好不好？」

媽媽在那一頭回答：「很好啊。妳呢？」

「我也很好。」

掛下電話，張晴覺得好踏實。有個可以互相噓寒問暖的人，是多麼幸福。何況她有好幾個。

戴爸爸說：「好啊，一起去看。說不定幫立言訂做個木製嬰兒床。」

立德大叫：「爸爸，你別傻了。光運費就可以在美國買好幾張囉。」他拿出背包裡的行事曆，看了看：「嗯，下週二我有休假。我也去吧，我對木雕還蠻有好感的。」

其實，他忽然想起，張晴的爸爸，是做木工家具的。

14 地圖女孩

張晴一會兒調整那一排靠牆站的桌子，一下子將立燈換個角度。

「晴晴，別忙了，大姑幫妳燉的雞湯妳還沒喝呢，快回家喝。」

張爸爸拿下老花眼鏡，擦擦汗。自從女兒幫他在公園邊租了間屋子，說是他的工作室後，他便整日泡在這裡，覺得好像又回到從前木工家具行的時光。

「不行，等一下客戶就要來看我們的產品了，我要把燈光調美一點。」

張爸爸想起什麼，問：「妳有告訴人家詳細地址嗎，有沒有提醒人家要從公園西邊走過來比較近？」

14 鯨魚男孩

戴立德在客廳催著媽媽：「媽，我們是去看木雕，不是去相親。不必特別打扮啦。」

戴媽媽在房裡回答：「那你趕緊為你自己安排一場相親吧。我有滿櫃子適合見媳婦的衣服喔。」

戴爸爸正仔細讀著戴立言從美國寄回來的信，還有一疊相片。

「你看，姊姊笑得好甜啊。」爸爸把相片遞給立德。

立德眉頭一皺：「哇，姊夫的攝影技術也太遜了吧。這樣的景觀，應該採三角構圖比較能襯托主角……」

「喂，你以為大家都是專業攝影師啊？」戴爸爸再湊近相片看了看，也承認：「的確拍得有點好笑，看起來好像姊姊的頭上戴了一個盆栽。」

「有啦。幸福路10號，實在太好記了，人家不會搞錯的。」

張晴覺得這個地址對爸爸來說，算是挺貼切的。此刻他在工作中得到滿足，閒時偶而與媽媽吃個飯，聊一聊；對爸爸來說，這就是最大的幸福吧。

那麼屬於自己的幸福呢？

她每晚都會拿出老戴那張CD，反覆把玩。從前，她愛叫他「鯨魚男孩」，但是現在，她覺得老戴其實是一張地圖，詳實可靠的人生指引。她認清了最單純原始的愛，是最美的。

也許，她和他永遠不會再見面，他們永遠不會在一起。但是，從另一種角度看，他們其實一直在一起。這樣也很好。

老戴已經在十年前給過她最美的允諾。她可以抱持著這樣簡單的幸福笑對此後人生。

「爸，快去換衣服啦。客戶快要到了。」

戴媽媽從房裡走出來，一面叮嚀著：「地址帶了沒？」

「有。昨天可嫻有抄給我，幸福路10號。」戴爸爸笑起來：「幸福路耶，說不定我們一走進去，就可以遇到幸福。」

戴立德想著，屬於他的幸福，會在哪裡？

十年惦記，最後真能換來幸福嗎？他永遠第一個想起的張晴，其實更像是龐大的鯨魚，躲在深深海底。他望不見找不著啊。抽屜裡那一疊寫著「張晴收」的明信片，可會有親手交給她的一日？

也許，她和他永遠不會再見面，他們永遠不會在一起。

但是，從另一種角度看，他們其實一直在一起。

這樣也很好。

他發動引擎：「爸媽，繫好安全帶，我們要去幸福路囉。」

最後一張明信片……

ENDLESS
POSTCARD

Dear 張晴：

這是我寫給妳的最後一張明信片。十年來的尋覓與等待，是該停止了。

我們航過生命的遼闊海洋，畫過人生的無數張地圖，現在，我需要的是一個小小的、黃昏裡會為我點起一盞燈的句點。

謝謝妳帶給我的一切。

老戴　與永遠

#《地圖女孩．鯨魚男孩》小辭典

鯨魚與地圖

電影「心靈捕手」中的對白：

「你有心靈伴侶嗎？一個能真正觸動你心靈的人。」心理醫師對男主角發問。

「有啊，有一大堆。莎士比亞、康德、濟慈等。」天賦異秉的男主角回話。

「恭喜你。但他們都死了。」

男主角遂陷入沉默。

於是，孤獨泅泳的某些時刻，鯨魚也想有張屬於自己的地圖；地圖則羨慕鯨魚不論快樂與悲傷，都是龐大與自由的。

地圖女孩／男孩

地圖們渴望安定與明確指引，不時的變動與方向不明容易引起他們的慌亂。巨蟹座最讓他們放心，對於射手座常敬謝不敏。他們花了大半輩子在尋找正確的地圖，有時卻忘了帶指北針。

特徵：每晚睡前一定要定鬧鐘；沒有預訂好旅館，便不出發旅行。

鯨魚男孩／女孩

鯨魚們耳畔永遠有海洋的呼喊，寧可觸礁也害怕靠岸。自由是他們的信仰，無法忍受牽絆與糾纏。鯨魚喜愛流動感與淡淡的寒意，太溫暖的觸碰，他們本能的想逃。

特徵：不買行事曆、不跟團旅行。喜愛DIY但不看DIY的書。

抹香鯨

抹香鯨頭部巨大，約佔全身的百分之四十。游泳和潛水能力都很強。

梅爾維爾（*Herman Malville*）的經典名著《白鯨記》（*Moby Dick*），書中那頭大鯨就是一頭抹香鯨。種名*macrocephalus*源自希臘文，意為「大頭」。

藍鯨

藍鯨是曾在地球上生活過的最大動物，也是世界上音量最大的動物，他出生時就等同一隻大象，他的心臟大概和小汽車一樣大。

藍鯨通常獨居或者和另一隻藍鯨共居。

大翅鯨之歌

大翅鯨的中文俗名為座頭鯨。他們在交配生育期，可在溫海數月不食，不停的唱著低沉且旋律精巧的歌，有的甚至可以二十四小時不停的唱。更有趣的是，每條鯨魚都有其獨特的歌聲，而且歌聲還會隨著時間進化改變，甚至過了十多年也不會重複。

大翅鯨是目前唯一登上暢銷金曲的非人類歌手。旅行者號太空船曾攜帶大翅鯨的實況錄音，做為地球生物向太空的問候。

張媽媽的婚姻理論

婚姻在浪漫小說筆下不過是虛擬狀態，再美的詞藻化為現實生活，只會成為不合時宜的文藝腔調。如果世上每個人都夠愛自己，也許就沒有「婚姻」這種意外傷害。有時候她覺得在感情上，自戀也許是自救的一道急救偏方。

揚可嫻的婚姻理論

她受不了現代生活的懸疑刺激，每句對談都得反覆解題，忖度是否有言外之意。她有時想回到原始人穴居的生活，不必上班打卡，不必擠公車和辨識色狼；只需男人外出獵食，女人在家烹煮，這就是最善良圓滿的婚姻。

王秀蘭的生存哲學

如果生命提供的是黝暗，她會先想辦法找把斧頭，磨利，再用盡全身力氣劈開；不必在意劈開的姿態是否優美，只需考量可以鑿開多少光。是的，人生不是只有姿態，也不是只有劈開，但她先劈了再說。

戴立言的人生哲學

她覺得雨天在家煮橘茶很棒，但冒雨墾植自己的橘樹更好。當同年齡孩子還在期待兒童節禮物時，她已經在胸前抱著卡夫卡的《蛻變》；她認為情人節不過是商業行為，幼稚可笑，不過她願意為這個企劃案熬夜加班。生命該有某種悲壯。

遺憾

前世他們已約定好，下輩子不管變成什麼，都要想辦法找到對方，再彼此相伴一生一世。

他轉世為一串音符，人世裡飄飄蕩蕩，始終未被奏出。也許前世的執拗，仍帶到今生，他寧願孤傲自賞，也不耐煩與流腔俗調為伍。飄飄蕩蕩，飄飄蕩蕩，他鎮日躲在風的鼾聲裡冬眠。

直到一把薩克斯風喚醒了他；驀然，他憶起了前世允諾，想起今生該有的積極尋覓。他開始反覆吟唱，向所有的耳朵打探：「妳在哪裡？妳在哪裡？」

她卻轉世為一隻聽力太差的小蛇。

少年天下系列 05

地圖女孩・鯨魚男孩：十年後

作　　者｜王淑芬

責任編輯｜沈奕伶
封面插畫｜61Chi
美術設計｜林宜賢
內頁設計｜綠貝殼資訊有限公司

天下雜誌群創辦人｜殷允芃
董事長兼執行長｜何琦瑜
兒童產品事業群
副總經理｜林彥傑
總編輯｜林欣靜
主編｜李幼婷
版權專員｜何晨瑋、黃微真

出 版 者｜親子天下股份有限公司
地　　址｜台北市 104 建國北路一段 96 號 4 樓
電　　話｜（02）2509-2800　傳真｜（02）2509-2462
網　　址｜www.parenting.com.tw
讀者服務專線｜（02）2662-0332　週一～週五：09:00~17:30
讀者服務傳真｜（02）2662-6048　客服信箱｜ bill@cw.com.tw

法律顧問｜台英國際商務法律事務所・羅明通律師
製版印刷｜中原造像股份有限公司
總 經 銷｜大和圖書有限公司　電話：（02）8990-2588

出版日期｜ 2012 年 9 月第一版第一次印行
　　　　　2022 年 4 月第一版第十四次印行
定　　價｜ 250 元
書　　號｜ BCKNF005P
I S B N｜ 978-986-241-592-4（平裝）

訂購服務
親子天下 Shopping ｜ shopping.parenting.com.tw
海外・大量訂購｜ parenting@cw.com.tw
書香花園｜台北市建國北路二段 6 巷 11 號　電話（02）2506-1635
劃撥帳號｜ 50331356 親子天下股份有限公司

立即購買 >

有聲故事書

國家圖書館出版品預行編目（CIP）資料

地圖女孩・鯨魚男孩：十年後／王淑芬 著
-- 第一版 . – 台北市：天下雜誌 , 2012.09
248 面；14.8x21 公分 . --（少年天下系列：5）
ISBN 978-986-241-592-4（平裝）

859.6　　　　101016535